# この場所で
# あなたの
# 名前を
# 呼んだ

加藤千恵

講談社

もくじ


騒がしい場所 …… 5
名付ける場所 …… 33
働く場所 …… 63
願う場所 …… 85
守る場所 …… 123
向いている場所 …… 141
笑う場所 …… 163

この場所であなたの名前を呼んだ

装幀　Siun

カバーイラスト　マキヒロチ

# 騒がしい場所

この場所はずっと騒がしい。

常にたくさんの音がしている。赤ちゃんの泣き声、大人たちの話し声、空調音。何かの装置が作動している音や危険を示すようなアラーム音は数種類あるようだ。

今、ピンポーンと鳴ったのは、自動ドアの向こうで誰かがチャイムを押したのだろう。少し前にわたしがそうしたように。看護師さんの一人が、はーい、とその押した人に対して答え、今度はこちらにいる人たちに向かって、ムカイさんママです、と伝える。機器や机の上に置かれたパソコンなど、視界をさえぎるものが多いので、車椅子に座っているわたしからは、答える看護師さんの姿は確認できない。ただ声だけが聞こえている。

ひろではないようだ。夫である博之《ひろゆき》も、会社を出て、そろそろここに着くことになっている。連絡が来ていないか確認しようとして、スマートフォンは病室の鍵付きの引き出しに入れていることに気づく。ここには持ち込めない規則なのだ。

また室内で新たなアラーム音が鳴り、一人の看護師さんがそちらへと移動するのがわかった。それはすぐにやむ。鳴りつづけている別のアラーム音もあるが、看護師さんたちの様子から察するに、緊急を要するものではなく、鳴っていても問題のないものなのだろう。昨日初めてここを訪れたときは、音のことは意識していなかった。昨日は静かだったということではなく、もっと他の事柄を気にしていたせいだろう。もちろんそれは今日だって同じだが、少しは余裕が出てきたのかもしれない。

赤ちゃんが眠っている。一昨日までお腹《なか》の中にいた存在と、目の前で眠る存在が、まだうまく結びつかない。わたしのお腹を蹴ったり、しゃっくりをしたり、わたしが話しかけたりしていた命は、こんな形をしていたのか。

目はしっかりと閉じられ、両まぶたは腫れているように感じられる。頰も同様だ。むくんでいるのかもしれないが、腕や足は細い。お腹はベルト状の医療器具が巻きつけられているため、そのふくらみや、わたしとつながっていたはずのおへそ部分を確認することはできない。

ベルトがあるため、オムツのテープは貼られず、性器まわりを覆うように置かれている。自分で大きく動くことはないのだろうから、これで充分なのかもしれない。

可愛《かわい》いと思う気持ちよりも、やはり、気の毒に思ってしまう気持ちのほうが大きい。多くの管をつけられ、眠らされている赤ちゃん。

一昨日の行動を思うと、涙が浮かんできてしまう。早朝から異変には気づいていたのに。気づいた時点で病院に来ていたのなら、この子は治療を受けずに済んだだろうか。他の多くの母子がそうであるように、大部屋で一緒に過ごし、わたしから出る母乳を吸うところを確認し、寝不足になりながらも、純粋に可愛さだけを受け止めて嚙《か》みしめられていただろうか。

目と鼻の先で、保育器に入った赤ちゃんのオムツ替えをしている看護師さんがいる。若そうに見える。おそらく二十代。昨日も同じ場所にいた気がする。その子の担当なのだろう。胸につけている顔写真入りの名札の、相田《あいだ》、という苗字《みようじ》はさっき確認できたが、下の名前まではわからなかった。保育器の中の赤ちゃんは、目の前で眠る我が子よりも、さらに小さく見える。

急にお腹がズキズキと痛み出したので、身をかがめ、息を吐いた。激しい痛みはすぐにおさまるが、鈍い痛みはずっと続いている。いつかなくなるのが想像できない。少しなら立って歩くこともできるようになり、看護師さんには回復の早さをほめてもらったが、やはり元の状態には程遠い。カテーテルも外してもらい、昨日からトイレも自力で行っているが、ベッドからトイレまでの、ほんの少しの距離の移動すら、かなりの時間を要している。

我が子にまた視線を移す。目を閉じているせいもあって、夫にもわたしにも似ているようには感じられない。目を開けたなら印象は変わるのだろうか。早く目を開けてくれたならいい。

ごめんね、と聞こえないほどの小さい声で話しかけた。なんとか生まれてきてくれた感謝よりも、今は申し訳なさのほうが大きい。ちゃんと健康に産んであげたかったのに。また涙が溢《あふ》れてきてしまう。わたしは下を向く。

「こんばんは、体調いかがですか」

覗《のぞ》きこむように話しかけられる。指で涙をぬぐい、大丈夫です、と答えたが、話しかけてくれた看護師さんは、微笑《ほほえ》み、軽く頷《うなず》いた。泣く母親は、ここではきっと珍しくない。

昨日も話しかけてくれた人だった。小柄で、四十代くらいに見える、柔らかな雰囲気の女性。胸元の名札で、「佐藤朋子《さとうともこ》」という名前を確認する。確かに昨日も、他の看護師さんたちから、トモコさん、と呼ばれていた。

「赤ちゃん、今日も可愛いですねえ」

痛々しさばかりを気にしてしまうが、第三者から嬉《うれ》しそうに、心からの様子で言ってもらえて、少しだけ喜べる気持ちもあった。

「何か気になることはありますか？」

訊《たず》ねられ、一瞬考える。

たくさんある。この子は、きちんと目を覚ますのでしょうか。ちゃんと育つのでしょうか。いろいろなことができるようになるのでしょうか。

けれどどれも、今質問したところで、誰にも答えられないことだとわかっている。一昨日の夜、消灯後の暗い病室に説明に来てくれた、医師の竹下《たけした》先生にもそうしたことを言われた。悲観的な言い方ではなかったが、楽観的になれるわけではもちろんなかった。

「目覚めたらすぐ、母乳をあげられるようになるんでしょうか」

わたしはそう質問した。

「すぐは難しいかもしれないですね。様子を見て、しっかり目覚めてから、最初は管を使っての注入になると思います。母乳は結構出てます？」

「いえ、まだ、にじむくらいで」

看護師さんに手伝ってもらいながら、三、四時間ごとの搾乳を続けてはいるが、スポイトで吸いとった母乳は、いつも心配になるほど少ない。明らかに足りないと感じるが、看護師さんたちは、どんどん増えてきますよ、と励ましてくれる。

「あら、でも、初めてのお子さんで、もう出てるんだったら優秀ですよー。早くおっぱい飲めるといいですねえ」

佐藤さんもやはり、優しく励ましてくれた。後半はわたしではなく、赤ちゃんに向かっての言葉だったが、本当にそうなるようにわたしは願う。

何かをしてあげたい、という気持ちだけはあるのだが、母親だからといって、ここでしてあげられることなんて見つけられない。赤ちゃんがつながっているそれぞれの管の意味も、いくつものモニターに表示されている数値の意味も、わたしには理解できていない。たった今、赤ちゃんの容態に異変が生じたとしても、わたしはここで呆然《ぼうぜん》と立ち尽くすことしかできないのだ。

「何か気になることがあったら、いつでも声かけてくださいね」

「ありがとうございます」

わたしがお礼を言うと、佐藤さんはさらに口角を上げ、軽く頭を下げてくれた。つられるように、わたしも軽く頭を下げた。年齢が上だからというだけではなく、安心感を与えてくれる雰囲気を持った人だと感じる。

赤ちゃんの頭上にいくつかある機器の一つには、紙が貼られていて、出生日や出生体重といった数字などとともに「手塚友里恵《てづかゆりえ》ベビー」と書かれている。手塚友里恵は、結婚してからのわたしの名前で、この子はまぎれもなく、わたしの赤ちゃんなのだ。まだ名前すら与えられずに、ただ眠っている。

また涙が出てきたところで、ピンポーン、という音が部屋の中に響き渡る。誰かが「手塚さんパパです」と言う。昨日初めてやってきた彼の顔が、ここでもう把握されていることに驚きつつ、到着を待つ。涙を手の甲でふく。

手の洗浄や消毒などをやっていたからだろう、少ししてから彼はやってきて、わたしの姿を見つけると、緊張した面持ちを少しだけ崩した。

彼の額やこめかみには汗が浮かんでいて、そうか、外は暑いのだ、と気づく。病室もだけれど、ここは涼しい。温度も、おそらく湿度も、快適に管理されて保たれている。赤ちゃんたちのために。

「調子どう」

わたしのことなのか、赤ちゃんのことなのかわからなかったが、うん、とだけ答えた。彼はさらに訊ねてくることもなく、洗ったばかりであろう手で、赤ちゃんの腕に軽く触れる。

「ひんやりしてるね、やっぱり」

「うん」

わたしも来て早々に触れ、同じ感想を抱いていた。身体《からだ》に軽く触れるのは大丈夫ですよ、長時間握ったりとか、抱っこしたりはまだできないですが。昨日の時点でそう説明されていた。もっと触っていいのかもしれないが、自分が触れることで何かしらのトラブルが生じてしまうのが怖く、そっとなでるくらいしかできない。ひろも同じ気持ちらしく、腕の上に置いた手を、数回すっと上下させただけで離した。

「よく寝てる」

ひろが言い、わたしはまた、うん、と言った。自分で寝ているのではなく、眠らされているのだと、もちろんひろだってわかっているはずだ。

「あ、持ってきたよ」

ひろが手に持っているデジカメをこちらに見せる。入室してきたときから気づいていた。

スマートフォンや携帯電話はここには持ち込みできませんが、デジタルカメラなら大丈夫です、と昨日伝えられていた。家から持ってくるとは言っていたが、見つけられない可能性や、忘れてくる可能性も大きいと思っていた。

「見つかったんだ」

「テレビ台の引き出しの中にあった。充電ケーブルがなかなか見つからなかったけど、そっちはパソコン近くのほうの引き出しに入ってた」

そう言いながら、彼はさっそくデジカメを起動させ、撮影するポジションを考えているようだった。

テレビ台とパソコン近くの引き出しが頭に浮かぶ。一昨日から留守にしているだけなのに、ずいぶん長いこと家に帰っていない気がする。きっとわたしが出たときと、さほど変わっていないだろうに。

「高度医療に守られてるよ」

数歩離れたところから、赤ちゃんを撮影していた彼が、笑って言う。見せてきたモニターには、一枚の写真。赤ちゃんだけではなく、周囲の機器も入るように写している。機器に取り囲まれている様子を、守られてる、なんていうのは、ひろらしい表現だ。

明るい彼の態度に、腹立たしさをおぼえてしまう一方、この人は出会ったときからこうだったな、とも思う。それがわたしを時に苛立《いらだ》たせ、時に救ってくれた。今回も同じだ。

写真で見る赤ちゃんは、実際に見ているよりもさらに小さく感じられ、可愛らしくもある。けれど、この写真を、たとえばひろの両親に送ったら、今以上に心配させてしまいそうだとも思った。遠方に住んでいる彼らには、ひろから電話で状況を伝えてもらったのだが、かなり不安になっているらしい。無理もない。予定日より二週間以上も出産が早まってしまった上に、赤ちゃんが聞き慣れない場所での入院となったのだから。

NICU。

今わたしたちがいるこの場所の名称を、彼の両親は知らなかったという。わたしも同様で、ICUなら聞いたことがあったが、NICUというのは初耳だった。

またピンポーンと音がする。誰かがやってきたのだ。赤ちゃんに会うために。


いつからか思い出せないほど、ずっと眠りは浅くなっていた。一昨日も同様だった。深夜に目を覚ました。時間は確認しなかったが、二時か三時くらいだったのではないか。薄暗い中、隣で眠るひろのいびきを聞きながら、トイレに立ち、台所で麦茶を飲み、またベッドに戻った。なかなか再入眠できず、身体を右向きにしたり左向きにしたりしていた。しばらく前から、仰向けで眠ることはできなくなっていた。

身体を動かしながら、片方どちらかの手はずっとお腹の上に当てていた。

動かないなあ、と思い、ぽんぽん、と軽く叩《たた》いた。こうして深夜に目を覚ますことはしょっちゅうで、そのたびにとる行動も似たものだった。トイレの中や台所など、場所は違えど、どこかのタイミングで、お腹の中の赤ちゃんがお腹を蹴る、というのも習慣のようになっていた。けれど体感で一時間近く経《た》っても、動きはなかった。

珍しく長く寝てるのかな。そう考えているうちに、いつのまにか自分も眠っていた。

初めての妊娠ということもあり、これが普通なのかがわからなかったが、とにかくよく動く子だなと思っていた。胎動を初めて感じたのも早い時期だった。健診でエコーをとってもらうときにも、しょっちゅう動いていて、先生からも、元気いっぱいだなあ、と言われていた。次の健診は二日後の予定だ。

朝になって目覚め、出勤前にひろが、わたしのお腹を軽くなでた際に、今日はなんか、あんまり動いてないんだよね、と伝えた。わたしもそこまで心配していたわけではなかったが、彼はもっと心配していない様子で、よく寝てるのかー、とまたお腹をなでた。

気になることがあったなら、なんでもインターネットで調べるようにしていた。数えきれないほどの情報が溢れていて、わたしが持つ悩みはいつも、既に見知らぬ誰かによって吐き出され、見知らぬ誰かによって答えられていた。ひろの出勤後、ソファに横たわり、スマートフォンを操作する。お腹が目立つようになってからは、ソファが日中の居場所だった。

胎動は臨月になると少なくなる、と書かれたページにたどり着き、内容を読みこんだ。予定日が近づき、出産準備が進むことで、赤ちゃんの頭が骨盤の中に降りてきて固定され、以前より動きにくくなり、結果として胎動も弱くなるのだという。お腹の中でどんなことが起こっているかは、自分の身体でありながらまったくわからないが、説明されると納得できた。

掃除機をかけていても、食器を洗っていても、お腹の重たさを感じるくらいで、しんとしていた。合間にソファに横たわっては、お腹をさすり、おーい、とか、寝てますかー、と話しかけてみた。やはりしんとしていた。眠さが残っていたので、そのまま短く眠ったりもした。

買っておいたパンとインスタントのコーンスープで昼食を済ませ、デザートとしてカット済のメロンや苺《いちご》を食べてもなお、動きを感じなかった。いきなり不安が膨らんだ。きっかけなどはなく、不意に、としか言いようがない。

母子手帳と一緒にケースに入れていた、入院のしおりを開き、最後のページにかかれていた番号に電話をかけた。かかりつけである、大学病院の産婦人科だ。出てくれた人に事情を話すと、少々お待ちくださいね、先生に確認してみますね、と言い、保留音に切り替わった。「エリーゼのために」だった。

さして長い時間ではなかったのだが、「エリーゼのために」を聴いているあいだも、片手はずっと、動け、動け、と思いながら、軽く押すようにお腹の上に置いていた。静かだった。そのうちにまた電話の向こうから声がした。

「問題ないとは思うのですが、一応受診してみましょうかということなので、これから来ていただいてもよろしいですか？　ゆっくりでいいですよ。お気をつけていらしてくださいね」

お礼を言って通話を終えると、洋服を着替えた。部屋着のワンピースから、外出着のワンピースに。どちらも綿素材だし、暗い色で、さして変わりはないのだが、自分の中では区別があった。顔を洗って、歯を磨いて、メイクはせずにそのまま外へ出た。以前は病院までは自分の運転する車で行っていたが、最近はさすがに運転を控え、ひろの運転する車か、バスを乗り継いで行くのが常だった。けれど今回は、タクシーを利用することにした。大きな道まで出る少しの間に、強い日差しと暑さを感じる。病院に着いたら、一階のコンビニでお水を買おう、と思う。

タクシーはすぐに拾えた。病院の名を告げると、はーい、と返ってきて、車が動き出す。運転手さんは明るそうなおじいさんだった。走り出してすぐに、もうそろそろ？　とバックミラー越しにわたしを見て言った。お腹のことを指しているのはすぐにわかった。

「はい、来月です」

「男の子？　女の子？」

「男の子みたいです」

「おお、楽しみだねー」

わたしの希望は女の子で、性別がわかるまで考えていたのも、女の子の名前ばかりだった。そろそろこの子の名前について、ひろと話し合わなくては。

わたしは、すみません、ちょっと電話かけます、と運転手さんに断りを入れ、ひろに電話をした。一応報告しておこうと思ったのだ。ちょうど昼休みだったようで、電話にはすぐ出た。やっぱり全然動いてなくて病院で診てもらうことになった、と伝えると、え、とちょっとだけ心配そうな声を出したものの、病院でも一応来てくれって感じみたい、と伝えると、そっか、気をつけて、とまたいつものトーンに戻っていた。

通話を終えると、むしろ運転手さんのほうが心配そうに、大丈夫かい、と訊ねてきた。わたしが、はい、と答えると、去年生まれたという初孫の話が始まり、それを聞いているうちに病院に到着した。まだ話したそうな様子の運転手さんにお礼を言い、わたしは予定通り、コンビニに寄ってミネラルウォーターを買い、少し飲んでから、産婦人科に向かった。

お腹にセンサーをつけ、モニターで赤ちゃんの様子を確認するNST（ノンストレステスト）と呼ばれるものは、以前もやったので二度目だったが、前回よりもずっと長い時間やっていた。いつもわたしを診てくれていた、四十代くらいの女性の先生は、モニターを見ながら、んー、と何度か繰り返し、そしてわたしに言った。

「よし、今から出しましょう」

「え？」

「帝王切開です。赤ちゃんの、確認したい動きが見られなくて。心拍もちょっとゆっくりになってるし。もう正産期ですもんね」

帝王切開。予想もしていなかった言葉に、わたしは、返事をするのを一瞬忘れてしまった。おそらく口を開いて、間抜けな顔になっていただろう。そのまま少し、先生を見ていた。

「大丈夫なんですよね」

口から出たのは、そんな言葉だった。先生は、大丈夫ですよ、と言い、軽い微笑みを浮かべて頷いた。

そこからの時間は、あっというまで、驚きも実感もないまま、ただ周囲の人たちによって状況だけが動きつづけた。手術の前にはひろと母にそれぞれ電話をかけたが、どちらも出なかったので、帝王切開することになりました、また連絡します、とメッセージを送っておいた。

仰向けになってベッドで運ばれているあいだも、手術室で麻酔が効くのを待っているあいだも、こういうのドラマで見たことあるなあ、と思っていた。実際に手術が始まって、なんとはなしに上を見ていると、金属の器具に反射して自分の腹部がぼんやりと確認できた。血が出ているのがわかったので、慌てて目をそらしたが、怖いもの見たさの気持ちもあって、薄目で時々見ていた。頭上近くに立っている看護師さんが、大丈夫ですからねー、と言いつつ、たまに手の甲をさすってくれた。

足元のほうで数人が何かを言い合い、誰かが動く気配があったので、あ、生まれたのかも、と思った。その瞬間、手の甲をさすってくれていた看護師さんが言った。

「生まれましたよ。お母さん、ちょっと待っててくださいね」

お母さん、と呼ばれるのは初めてではなかった。健診の際にも呼ばれていたから。それでも、異なる響きを持っている気がした。

ちょっとというよりは長く感じたが、時計は見えず、どれくらいの時間が経過したのかわからなかった。ただ待っていると、遠くで声がした。ふにゃん、という感じで、弱々しく、一度だけだった。猫の鳴き声のようだったが、おそらく赤ちゃんの泣き声だ、と思った。それからすぐに、看護師さんによって、タオルにくるまれた赤ちゃんが、わたしのところまで運ばれてきた。

「男の子です」

性別はあらかじめ聞いていたので驚かなかった。ただ、小ささに驚いた。もっとサルっぽい感じかと思っていたが、さほど赤くはなかった。ぷっくりとしていた。目を閉じていた。片方の手、五本揃《そろ》った小さな指を、人差し指でなぞった。あたたかかった。

ようやく実感めいたものが胸を満たす。わたしのお腹の中で育った生き物が、こうして生まれてきてくれたのだ。

「おつかれさま、えらかったね」

泣きそうになりながら言った。看護師さんは、またゆっくり会えますからね、と早口に言うと、そのまま赤ちゃんを抱え、どこかに向かって行った。なんとなく、これは普通じゃないのかもしれない、と思った。

初めての対面は、もっとゆっくりできるものだと思っていたが、看護師さんにはどこか焦りがあった。それに赤ちゃん。ちっとも泣いていなかったけれど、もっと泣いているのが普通じゃないのか。

「あの、大丈夫なんでしょうか」

わたしの問いに、近くの看護師さんは、これから先生がいろいろ診ますので、と答えた。大丈夫という返事ではなかった。

そして数時間後の夜の病室で、新生児科の竹下先生から、仕事を終えて慌ててやってきたひろとともに、わたしは、予想もしなかった言葉をたくさん聞かされることになる。

赤ちゃんは新生児仮死で生まれてきた。低酸素低循環で苦しかった状態だったという。それがどれくらい続いていたのかはわからないが、長かった場合、全身の臓器にダメージを受ける可能性がある。心臓、肝臓、腎臓、消化管など。中でも恐ろしいのは、中枢神経系へのダメージ。つまり脳。脳へのダメージを最小限に抑え、回復を促す治療を行いたい。具体的には、低体温療法。子の体温を三十四度程度に保ち、七十二時間、三日間ほど眠らせる。

子どもはしばらくＮＩＣＵに入ることになる。ＮＩＣＵとは、赤ちゃんのための集中治療室。子の両親にかぎって、二十四時間面会可能。

治療の細かい部分についても、ひととおり説明してくれたあと、竹下先生は、よろしいでしょうか、と言った。

よろしくはなかった。全然、よろしくはなかった。あらゆることが、未知の領域で恐ろしい。

「お願いします」

ひろは言った。竹下先生は軽く頷いてから、ベッドで横たわるわたしを見た。何も言えずにいるわたしの返事が待たれていた。

背の高い人だな、と、初めて会う竹下先生に、わたしはそんな感想を抱く。顔立ちが整っていて、モテそうだな、とも。医者にしては若い。わたしとそう変わらないのではないだろうか。新生児科なんて初めて聞いたけど、そういう科もあるのだな。なぜそこを選んだのだろう。赤ちゃんが好きなのか。もう自分の子どももいるのだろうか。生活感があまりないけれど、白衣を着ていれば、生活感というのは薄まるものなのかもしれない。

「友里恵」

竹下先生の隣にいるひろに呼びかけられる。ひろもまた、わたしを見ていた。ああ、そうだ。赤ちゃんの治療の話だ。

「あの、後遺症とか、そういうのはないんでしょうか」

竹下先生が口を開く。こちらが明るい気持ちになれる返事を待つ。

「未来のことは、まだわからないです」

母と電話で話せたのは、帝王切開の翌日だった。それまでにも折り返しの電話やメッセージが来ていたが、ひろがやって来てくれたこともあり、メッセージの返信のみにとどめていた。

昨夜は、ひろが帰ってからも眠れなかった。多少ウトウトとするくらいで、またすぐに目が覚めてしまった。妊娠中と同様、気になる情報を調べようとしたが、「新生児仮死　治療」といったワードで検索していると、不安になる言葉が次々と出てきて、これは見るべきじゃない、と思った。代わりに、ベビー服を見て過ごした。肌着を数枚買っていたくらいで、まだ全然準備ができていない。

数時間に一度、看護師さんが、わたしの股間につけたシートを交換しに来てくれた。麻酔が切れたようで、感覚は少しずつ戻ってきていたが、尿が出ているのはわからなかった。出産後の悪露《おろ》もだいぶ出ているようだったが、それもわからなかった。

看護師さんに手伝ってもらい、何度か搾乳もした。母乳はにじむ程度しか出なかった。回復が早いので食べられそうですね、と出してもらった朝食は、しかしお味噌汁《みそしる》を飲むくらいで満腹になってしまった。大方を残してしまった申し訳なさを感じつつ、母に電話をかけた。母はすぐに出ると、大丈夫なの、と心配そうに言った。別人のような声だ。

母と電話するのは、妊娠を報告したとき以来だ、と気づく。その際に、里帰り出産の相談もしたのだ。

「里帰り？　こーんな狭いところで友里恵と赤ちゃんを迎えるなんて無理無理、わたしが休み取ってそっち行くわよ、でも仕事もあるし、博之さんが気を遣うだろうから、そんなに長居もできないけど」

わたしと弟が進学や就職で家を出てから、ずっと不仲だった両親は離婚し、住んでいた実家はもうない。母はアパート住まいだ。

一気にまくしたてられ、それもそうか、と納得し、従うことにしていた。あまり迷いのない母の様子は、わたしが物心ついたときから変わっていない。そのことがずっと助けでもあったし、時にはうとましく感じられることもあった。父とはもともとあまり交流がなく、結婚すらも伝えていない。

「うん、まだ傷は痛むけど」

「赤ちゃんは？」

「元気だよ」

わたしは明るく答えた。本当はまだわからない。出産のときに一瞬姿を見せてもらって以来、見ていないのだから。おそらく眠っている。体温を三十四度に下げて。

今日、車椅子でＮＩＣＵを訪問することになっているが、何時ごろかは聞かされていない。ひろは仕事が終わり次第やって来ると言っていた。その前にわたし一人で行くことになるかもしれないし、まだわからない。

「いつまで入院なの？」

「あー、聞いてないや」

「聞いておかないと」

少しだけ、いつもの母の口調が戻る。うん、とわたしは言う。

「そもそも、どうして帝王切開になったの」

「なんか、赤ちゃんがあんまり動いてなくて」

「動いてないって大変じゃない。へその緒が巻きついてたんじゃないの？」

「ううん、違うみたい。でも大丈夫だから」

仮死状態になった原因はわからない、と竹下先生は言っていた。いつからそういう状態だったのかも。目に見える部分での異常はなかったらしい。

大丈夫、と口にすることで、母だけでなく自分にも言い聞かせている気になる。大丈夫。大丈夫だから。

帝王切開になったこと、生まれた赤ちゃんが男の子だったこと、を母には伝えてあった。仮死状態や低体温療法についてはまだ話していない。無駄に心配を増幅させるだけだろうから。

「そっちに行くのは、退院してからのほうがいいのよね？」

「そうだね、ちょっとバタバタしてるし」

「はい。休みをとる関係もあるから、なるべく早く教えてね」

「うん。ごめんね。ありがとう」

母は経理の仕事をしている。知り合いがやっている小さな会社なので、事情はすぐにわかってもらえるはずだが、それでも早めに伝えるに越したことはないだろう。母の荷造りだってあるはずだ。もっとも、母の性格上、そんなのはすぐに終えてしまいそうだが。

まだ何か言いたそうな母の様子が、電話越しにも伝わってきたが、あ、そろそろ朝の診察あるかも、と言い、通話を終えた。個室だと入院料が上乗せになってしまうが、こうして自由に電話や面会ができるのは間違いなく利点だ。

もっとも、個室での入院生活など、想像もしていなかった。普通に産んで、普通に大部屋で過ごすものだと思っていた。普通だと思っていたものは、普通でも当たり前でもなかったのだと、一つずつ気づかされている。

わたしが住んでいるのは、損害保険会社に勤めるひろの、新たな赴任地となった地方都市だ。二年前に引っ越してくるまでは縁もゆかりもない場所だった。全国転勤があるのは、付き合ったときから聞いていたし、覚悟の上での結婚だったが、誰も知り合いがいない場所に行くのも、新卒のときから勤めた会社を辞めるのも、寂しく、不安ではあった。

パートすることにしたのは、金銭的な部分もさることながら、一人の時間を持て余していたからだ。パート先として、家から歩いて行くこともできるドラッグストアを選んだ。

結果、そこでのパート仲間たちが、子どもを産むわたしに、いろいろな情報を教えてくれた。彼女たちのほとんどが出産経験者だった。娘が最近産んだ、という人もいた。わたしが特に気になっていたのは、産院選びだった。とりあえず家から近い個人経営の産婦人科で、妊娠は確認してもらったものの、そこは分娩《ぶんべん》まではできないということで、他の病院を探さなければいけなかったのだ。

とにかく食事がおいしいから、という理由で個人産院を勧めてくれる人もいたが、やっぱり何かと安心だから、と大学病院を勧める人たちの意見に従った。何かと、というものの具体性が浮かんではおらず、まさか、こんな形で有効活用することになるとは思っていなかったが。

NICUがある病院はあまり多くないのだと、調べていくうちに知った。一瞬ラッキーだと思ったが、そもそもこの状況自体がアンラッキーだ。

妊娠を伝えていた人たちに報告しなくてはならない。昨夜も考えていたことを、また思う。仲のいい女友だちの顔が数人、頭に浮かぶ。メッセージを打とうとしてやめるのも、昨夜と同じだった。

お腹はまだふくらみがある。ここにはもう誰も入っていないのに。

目の前の赤ちゃんが、うっすらと目を開ける。気のせいかと思ったが、黒目が確認できる。まだ治療は続いているはずなのに。

「あの、すみません」

近くで、パソコンに向かって何かを入力している様子の看護師さんに声をかけた。

「どうしました？」

相田さんだった。振り向いて、こちらに数歩近づいてきてくれた彼女に、わたしは赤ちゃんを指さしながら伝える。

「起きてますよね？　目が」

「開いてますね。起きたのー？　おはよう」

看護師さんが赤ちゃんに笑いかける。赤ちゃんはどこを見ているのかわからない。ただやはり、目は開いている。

「起きちゃっていいんでしょうか」

「はい。激しく動いたりしていなければ問題ないって、先生にも言われてるので、このくらいなら平気ですよ。またそのうち寝ちゃうと思いますけど」

あっさりとにこやかに説明され、焦った自分が恥ずかしく感じられるくらいだった。すみません、ありがとうございます、と早口で言うと、相田さんは、また赤ちゃんに笑いかけ、パソコンのほうへと戻った。

七十二時間の低体温療法は、今からあと十一時間後の夜八時に終了予定だ。その瞬間に赤ちゃんがぱっと目を覚ます光景を思い浮かべていたのだが、昨日受けた竹下先生の説明によると、そうではなく、そこからさらに体温を少しずつ上げていく段階で、徐々に目覚めていくのだということだった。

目の前に手を出し、振ってみる。変化はない。手をグーにしたり、パーの形に戻したりしてみるが、やはり変わらない。

見えていないのかもしれない、と思う。黒目がちな眼《め》には、何も映っていないのかもしれない。

人差し指でまぶたに触れてみる。少しひんやりと感じられる。すっとさすると、一瞬目を閉じ、また開いた。眼球がわずかに動き、目が合った気がしたが、気のせいかもしれなかった。

「おはよう」

声をかけ、今度は人差し指で両胸のあいだを上下になぞった。右胸につけられた赤いコード付きのパッド、左胸につけられた黄色いコード付きのパッドに触れないように気をつけながら。

何度か上下させているうちに、徐々にまぶたが閉じられていき、どうやらまたしても眠ろうとしているようだった。安心したのかもしれない。こんなわたしの声に。こんなわたしの感触に。

ごめんね。ちゃんと守ってあげられなくて、ごめんね。

震えてしまう自分の指を、ゆっくりと離す。眠った赤ちゃんは、さっきよりも柔らかい表情をしているように見える。

もしも、目が見えにくかったとしても。もしも、耳が聴こえにくかったとしても。

今度こそ守りたい、と思った。もし問題となる箇所があったとしても、何もかもを受け入れて、できる限りのサポートをしたい。

自分がこの子にできることは何だろうか。わからない。今もそうだけれど、驚くほど、絶望してしまうほど、少ないのかもしれない。だとしても精いっぱいやらなくてはいけない。目の前で呼吸をして、小さな身体で眠るこの子を、なんとしても育てていくのだ。

「おやすみ」

一音ずつ確かめるように、ゆっくりと言った。


隣で同じように赤ちゃんを眺めているひろと、お互いに具体的な気持ちを話し合ってはいないが、わずかに微笑みを浮かべているひろの中にもまた、少しは余裕らしきものが出てきたのではないかという気がする。

「おーい、来たぞ。目開けろー」

ひろが言い、赤ちゃんの腕に触れる。

赤ちゃんが目を開けていたとき、そばにいたのは、わたしだけだった。ひろはまだ車でここに向かっている最中だった。そのことを悔しがっている。

「もう少しだよ」

「今見たい」

「わかるけど」

子どもじみた言い方に、わたしは笑う。また二人で黙って眠る赤ちゃんを見つめる。

「あ、そうだ、名前」

ひろが言い、わたしは、うん、と言った。名前をそろそろ決めなくてはいけないと、昨日の夜に話していた。互いに意見を出し、いくつか候補は揃っていた。

「ユウト、勇者の勇にしない？　トは北斗の斗で」

「え、勇者の勇？」

ユウト、は確かに候補の一つだったし、トも斗がいいと言っていたが、ユウ、には優や悠といった漢字を当てていた。

「そう。だって、勇者みたいじゃん」

「勇者みたい？」

思わず目の前の赤ちゃんを見るが、勇者みたい、が何を指しているのかわからない。

「長い眠りから目覚めるなんて、勇者だよ。目覚めし勇者」

何か元ネタがあるのかもしれない。ひろはゲームが好きだ。わたしはほとんどやらないのでわからない。

「でも」

ゲームから連想して名づけるのはどうなのか、と続けようとしたが、ひろが赤ちゃんに話しかける。

「な、勇斗。いい名前だろ、勇斗」

赤ちゃんは目を開けない。わたしは言う。

「ほら、やっぱり、別の字のほうがいいんじゃない？」

「えー、そうかな。勇敢で、勇気ある、勇者の勇斗だよ」

いい意味の単語を並べられると、確かにいい名前にも思えてくる。

「これから長い冒険が始まるからな、勇斗」

ひろはまた赤ちゃんに話しかけている。

そうか、ここはまだ始まりなのか。冒険と呼ぶかどうかは別にして、長い道が続いていくのだ。意外な場所から始まることになったけれど、きっとこれからも、予想もしないものが待ち受けているのだろう。わたしにも、この子にも。

ひろが、お腹に巻かれた青いベルト、描かれているシロクマの輪郭をなぞるようになでる。そして言った。

「これさ、可愛いけど、付けられてる子は見られないから、見てる大人のために可愛くしてるんだよな。製作側もわざわざ頑張るなあって思ったけど、考えてみれば、ベビー服とかも全部そうだよね」

毎日見ていても、わたしはまるで考えもしなかったことだった。この医療器具を作る人たちの気持ちなんて、今言われなければ、ずっと思いを馳《は》せることはなかっただろう。

「ほんとだね」

わたしは言った。知らないところで知らない人たちが作ったベルトが、今、わたしたちの赤ちゃんを治療している。ベルトだけじゃない。つながっている管。数値を表すモニター。ここは今日もたくさんの音に満ちている。

「おはようございます。お父さん、今日はお休みですか？」

話しかけられ、振り向いた。

立っていたのは、臨床心理士の和久田《わくだ》さんだった。わたしは車椅子に座ったまま、軽く頭を下げる。

「はい、休みで」

ショートカットが似合う、美人の和久田さんとは、昨日ここで初めて話した。もし何か気になることがあればいつでも言ってくださいね、とのことだった。心理的ケアが必要になる場所なのだ、と改めて意識した。

「よかったねー、朝からお父さんも来てくれたんだねえ」

和久田さんは赤ちゃんに話しかけ、またこちらを見る。

「そろそろお名前も考えてるんですか？」

実際にはそうではないのだが、さっきのやりとりを聞いていたかのようなタイミングだ。わたしより先にひろが言う。

「勇斗にしようかと思ってます。勇気の勇に、北斗の斗で」

「わあ、いいお名前ですね。よかったねえ」

後半はまた、赤ちゃんに対して話しかけていた。もう勇斗で決まったようだ。勇斗、とわたしは声に出さずに言う。手塚勇斗。博之とわたしの初めての子ども。

「またあとでねー」

そう勇斗に言った和久田さんが、わたしたちに軽く頭を下げて、また別のところへ行くのと入れ違いのように、今度は竹下先生が近づいてくる。さっき、別の両親と話しこんでいるのを確認していた。ここには治療が必要な赤ちゃんが多くいるのだ。

「おはようございます」

「おはようございます」

竹下先生に話しかけられるのはいつも緊張する。

「じゃあ、予定通り、今日の夜八時には、低体温療法を終えて、少しずつ体温を上げて戻していく段階に入るかと思います。血圧も問題ないですね」

七十二時間の間、極度の低血圧や、出血が生じた場合は、すぐに低体温療法を中止すると伝えられていた。

「はい。ありがとうございます」

「ありがとうございます」

わたしが言い、ひろも続けて言った。

「いいえ。頑張ってるのは赤ちゃんですからね」

何でもないことのように竹下先生は言い、また離れていく。いつだって忙しそうだ。

頑張ってるのは赤ちゃんですからね。

きっと本心で思っているのであろうからこそ、何気なく発していた言葉が、わたしの胸の中で響く。信じられないほど小さな身体で、頑張っている。一瞬にして、わたしは涙で視界を滲《にじ》ませてしまう。

勇斗。また、声には出さずに名前を呼んだ。どこかでアラームが鳴っている。

# 名付ける場所

職員駐車場から病院までは遠すぎる、と、いつも思っていることをまた思う。出勤のたびに思っているから、もう数百回。いや、退勤のときにも思っているだろうから、千回を超えているかも。働き出して三年ちょっとだから、一年が三百六十五日で……、いいや、めんどくさい。百回だろうと千回だろうと、距離が縮まるわけではないのだ。

「麻《あさ》ちゃん、おはよう。朝番？」

後ろから声をかけられ、振り向くまでのわずかな間に、声の主を想像する。わたしのことを、麻ちゃん、と呼ぶ時点で、候補はごくわずかだ。先輩看護師数名。Nにうつってからは、わたしを名前で呼ぶ人は一人もいない。

「おはようございます」

振り向いて答える。そこにいたのはやはり、先輩の看護師である戸川《とがわ》さんだった。勤務中は髪をまとめているため、ほどいているロングの状態だと、別人のようにも感じる。わたしも髪を伸ばして、勤務中はまとめるようにしたほうが楽かなと時々思うのだが、伸びると落ち着かず、学生時代からずっとショートだ。毛先が顎に届くくらいになると、切ってもらっている。

戸川さんの隣に並んで歩き出す。

「三連続深夜勤だったんで、朝、久しぶりなんですよねー」

わたしが言うと、あー、それはだるいよね、とすぐに言葉が返ってくる。

「休み挟んでも抜けないんですよね」

夜勤から日勤になる際には、休みだけではなく、準夜勤シフトを挟んでほしいのだが、Nの人手不足はもちろん把握しているし、もっとも新入りのわたしが言えるはずもない。

「わかる。歳《とし》とると余計に疲れ抜けなくなるよ」

戸川さんはわたしよりも五歳ほど上のはずだから、三十歳前後だろう。きっとあっというまに、わたしもその年齢になっていく。毎日のように、駐車場から病院までの距離の長さを嘆いているうちに。

「どう、Nは？　慣れた？」

「いや、まったくです」

わたしが即答すると、戸川さんは、むしろいさぎいい、と笑った。

「でも赤ちゃん可愛いです。ウロはどうですか？」

頭の中に、なっちゃんの姿を浮かべながら言った。まだ小さく、信じられないくらい軽く、それでいてあたたかな生き物。全身が柔らかく、ふにゃふにゃしている。

ウロとは、わたしが少し前までいた泌尿器科のことだ。初めて耳にしたときは、意味がわからない、と思っていたが、今はすっかり口に馴染《なじ》んでいる。そうした言葉は多い。

「いいなあ、わたしも赤ちゃん抱っこしたいわ。でもNには勤められないな」

NICUに異動したいと話すと、周囲には驚かれ、止める人も多かった。戸川さんは、止めはしなかったが、きついよー、と繰り返していた。

実際に働き始めて、確かにきついと感じる部分は大きい。夜勤は特に。ウロでの入院患者は、夜はたいてい寝てくれていたので、たまに巡回する他は、事務作業に集中できたが、赤ちゃんは昼夜関係なく泣く。また、元気な子であっても、いきなり自発呼吸を止めてしまったり、ひやっとする場面が多い。預けられている命の重みを、日々実感する。

そして対応しなければいけない相手は、患者である赤ちゃんだけではない。泣いている親の姿を、毎日のように目にする。中には、泣いているだけではなく、入院する状況を作り出したのは、こちらの医療ミスではないのかと、詰問してくるような人もいる。幸い、今まではそうしたことが起きても、他の先輩が対処してくれたり、時間経過によって落ち着きを取り戻し、謝ってくるようなパターンが多かった。

それでも、真っ正面から問いつめられたときの言い方や表情など、頭に残っているものもいくつかある。

どうしてこんなことになってしまったんですか。

本当に、あなたたちのせいじゃないんですか。

そうした言葉を口にしている人たちは、こちらを責めているのに、責められているかのように泣き出しそうな、あるいは実際に泣いている表情ばかりだった。悲しみを怒りに変えることで、なんとか自分自身を保とうとしているように見えた。

圧倒的ともいえる、赤ちゃんたちの可愛さで、精神的には意外と安定しているが、まだ一ヵ月半しか経っていないので、これからさらにきつさを感じる場面は多くなるのかもしれない。

「麻ちゃん、すごいよ、ほんと。いなくなったのは、うちにとっては痛手だけどね」

「いやー、そんなことないですよ」

ウロの看護師長は、わたしの意見に反対しなかった。むしろ賛成とでもいうように、希望をあっさりと通した。ＮＩＣＵが人手不足だったのは事実だが、わたしが抜けたところで、痛くもかゆくもないと思っていたのだろう。おそらくいまだにわたしのことを嫌っている。

看護師長という存在とは馬が合わないものなのかもしれない。関わるようになってまだ少しだけれど、今の師長のことも苦手だ。いつも怒っているようなイメージがあって、隣にいるだけでも、高圧的な雰囲気に緊張させられる。こちらを試すかのように、細かいことをいろいろ質問してきたりもするし。まだ特別に休暇希望を出したりしたことはないが、考えるだけでも不安だ。

「何か変わったことありました？」

今度はわたしから訊ねた。

「相変わらず。師長変わらないかなあって、みんなで話してる」

「ですよねー」

ウロの看護師長は、わたしだけでなく、他の看護師たちにも疎んじられていた。Ｎの看護師長の評判については、まだわからない部分も大きいが、おそらく似たようなものだろう。

朋子さんが看護師長になればいいのに、と思う。ＮＩＣＵの中でわたしがもっとも信頼している看護師だ。とはいえ彼女にはきっと、師長になりたいという願望はないだろう。

「あー、にしても、あっつい」

ずっと我慢していたかのような口調で戸川さんが言うので、思わず笑ってしまう。

「ほんとですよね」

出勤前に日焼け止めを塗っているが、既に灼《や》けてしまっている部分も多い。特に腕。内側とは色が違う。大方は、駐車場から病院までの道のりのあいだに灼けてしまったものだろう。

職員駐車場の駐車に関して、若い子たちはなるべく奥に停《と》めてね、というのも、ウロの看護師長が言っていたことだ。年齢と体力は必ずしも反比例するものではないとも思うが、もはやおじいちゃんと呼べそうな医師たちや、ベテラン看護師たちを見ていると、仕方ない、とも思う。そもそも、病院に近い入口側は、既に埋まっていることが多いので、必然的に奥に停めざるをえないのだが。

「麻ちゃんもたまにはこっちに顔出してね、ほんと」

「はーい、ありがとうございます」

階は一つしか違わないが、病棟が南と西で離れているため、なかなか顔を出す機会はない。これからもおそらく行くことはほぼないだろうけれど、そう言ってもらえるのはありがたかった。

話しながらだと、いつもよりは距離が短く思える。病院に入ると、涼しさを感じた。NICUは、今日も快適な温度に保たれているだろう。


パソコンに入力をしていると、チャイムが鳴った。モニターを確認すると、立っているのは、Tシャツとロングスカート姿の女性だった。毛先にゆるくパーマをかけたボブ。わたしはどうぞー、と言い、開ボタンを押す。今度はNの中にいる人たちに向かって言う。

「勇斗くんママです」

「え、どうしたんだろう」

近くの看護師のつぶやきは、わたしの思ったことそのままでもあった。どうしたんだろう。もうここには勇斗くんはいない。

出生時、仮死状態だったことが理由で、低体温療法を施され、NICUに入院していた手塚勇斗くん。低体温療法後は、特に異常はなく、自発呼吸もできていた。MRIや聴覚検査でも、現時点での問題点はみられなかったという。あっというまに経口哺乳もできるようになり、昨日は一日、お母さんと一緒に産科の病室で過ごし、今日、退院予定となっている。

「おはようございます」

勇斗くんママが、わたしに近づいてくる。おそらく、わたしがもっとも入口に近いところにいたからだ。表情は少しこわばっているようにも見える。

「おはようございます」

「すみません、お忙しいところ」

「おはようございます。勇斗さん、昨日はちゃんと寝てくれました?」

そう言ったのは、朋子さんだ。朋子さんはどの子もさん付けで呼ぶ。ちゃんやくんを使わずに、まるで大人に対するように。

「いいえ、寝たり起きたりって感じでした」

勇斗くんママの顔が、一瞬にして柔らかいものとなる。こわばっていた表情は、寝不足のせいもあるのかもしれない。着ている黒のTシャツには、胸の下から裾にかけて、鹿と樹木の絵が白い線で描かれている。もう入院着から着替えたということは、まもなく勇斗くんも退院なのだろう。NICU入室の際、入院着を身につけた患者は、その上からさらに白衣を着用する必要があるが、入院着以外であればそのままの格好でいいという、妙なルールがある。どちらにしても手の消毒などは入念に行ってもらうが。

「元気ですもんねえ。家に帰ってから、いっぱい寝てくれるといいですね」

「そうですね。あの、お礼をお伝えしておきたくて。本当にどうもありがとうございました」

勇斗くんママは、朋子さんの顔を見て、それからちらりとわたしの顔を見て、頭を下げた。

「いえいえ、そんな」

「勇斗さん、ここにいる間、すごくいい子で過ごしてましたよ」

少し焦ってしまったわたしに対して、朋子さんの口調は、いつもどおり穏やかだ。勇斗くんママは顔を上げて、ありがとうございます、とまた言った。涙ぐんでいる。ここに来てからは、悲しみの涙も、喜びの涙も目にすることがずっと増えた。

「ごめんなさい、今日はちょっと、黒崎《くろさき》が休みで」

朋子さんはそうも言う。黒崎というのは、勇斗くんの担当看護師リーダーだ。患者である赤ちゃんをお世話するのは、一日三回、シフトごとに変わることになっていて、必ずしも担当だからといって診るわけでもないのだが、全体の看護方針・目標の設定や、保護者に対する具体的な診療説明などについては、担当看護師リーダーの仕事となっている。

「いえ。よろしくお伝えください。みなさんが書いてくださっていたノートも嬉しかったです。勇斗が大きくなったら見せます」

「よかったです」

保護者に持参してもらったノートには、それぞれの赤ちゃんの記録を書くことになっている。時には写真を貼ったりもする。勇斗くんの場合、入院していた期間は半月ほどと短かったし、問題もなかったので、記入や写真は少ないほうだが、それでも喜んでもらえるのはよかった。わたしも数回書いた。初めて沐浴《もくよく》した際の写真も、切り抜いて貼った記憶がある。

別の作業をしていた他の看護師たちも、こちらに近づいてきて、口々に、おはようございます、と声をかける。勇斗くんママも、おはようございます、とそのたびに返す。一人が言った。

「勇斗くん、昨日は元気に過ごせましたか？」

「はい。今は夫がみてます」

「帰宅、楽しみですね」

「はい。不安も大きいですけど」

勇斗くんママは、涙ぐんだままで一瞬笑い、それから、朋子さんを見て、言った。

「佐藤さんみたいなお母さんになれるように頑張りたいです」

彼女がここで目にした何人もの看護師の中で、もっとも印象に残っていたのが、朋子さんなのだろう。朋子さんがいつも、患者である赤ちゃんたちに丁寧に接していることを、近くにいるわたしたちは、もちろん知っている。ここに来て間もないわたしでさえ、似たような言葉を何度か耳にしたし、なんなら同意する。朋子さんのようなお母さんに育てられる子は幸せだろう。

朋子さんは、笑顔を浮かべたまま、首を数回横に振り、言う。

「いいえ、とんでもないです。ありがとうございました。お大事になさってくださいね」

「お大事にどうぞ」

わたしも付け足した。数人がまた、お大事に、と言う。勇斗くんママは、はい、と言うと、一瞬小さく頭を下げた。そして、ありがとうございました、と言い、Nを後にする。

勇斗くんよりも一足先に退院していた勇斗くんママは、自分の退院後も毎日、ここにやって来ていた。たいていは午前中に一回、夜に一回。夜はパパと一緒のことも多かった。

勇斗くんが授乳中に寝てしまったり、沐浴時に排泄《はいせつ》してしまったりすることがあり、そのときは慌てた様子を見せていたが、嬉しそうでもあった。勇斗くんがここに来たばかりのときは、落ち込んでいた様子だったが、表情は徐々に明るいものとなっていた。

そして昨日、勇斗くんの退院を控えて、別室で過ごすために勇斗くんママはやって来た。赤ちゃんがNに入った場合、母子同室のタイミングを持てないので、退院後の予行演習として、一日か二日、同室で過ごした上で退院してもらうのだ。

誕生や成長を喜ばれ、家族の一員として受け入れられる勇斗くん。ここにいる、いや、ここにいなくても、赤ちゃんという存在はすべてそうあるべきなのに。

なっちゃんの入っている保育器前へと移動する。今日はなっちゃんの担当ではないが、担当じゃない日であっても、何度となく姿を確認している。

わたしにとって、特別な赤ちゃんだから。

なっちゃんは眠っている。さっき、おはよう、と話しかけたときには目をうっすら開けていた。

わたしがここに異動してきた七月一日に、なっちゃんは生まれた。九月下旬の予定日よりもずっと早く。秋生まれではなく夏生まれになった。なっちゃんの名前の由来は、夏生まれだからだ。

酸素飽和度と脈拍を測定する、パルスオキシメーターの、外付けのモニター下部には、紙が貼られている。担当看護師の名前や、担当医の名前が印刷されている中で、手書きの部分があり、そこには「乃愛《のあ》」とある。のあ。なっちゃんにつけられた名前。その字面も響きも、まるでピンとこない。

乃愛の文字は、朋子さんが記入した。記入するところを見ていたので知っている。ここにいる他の子たちがそうであるように、たいていは赤ちゃんのママが記入する。なっちゃんママはそうしなかった。NICUにほとんど姿を見せないからだ。

それでも入院していたときは、一、二回足を運んだこともあったのだが、退院した今はまったくだ。パパも似たようなもので、出産直後に一度だけ。搾乳していた母乳の冷凍ストックもとっくになくなり、現在は低出生体重児用のミルクが経鼻授乳されている。

鼻の下に固定されている、酸素を吸うためのカニューラ。点滴のためのいくつもの静脈ライン。そうしたものを付けられ、保育器の中で眠るなっちゃん。小さい身体で治療を受けていることに対しての痛々しさも確かに否定できないが、それよりも可愛くてたまらない。時おり動かす手足の、指の一つ一つが、いとおしく感じられる。

この子を、なっちゃん、と呼んでいることは、もちろん自分一人の秘密だ。つい口に出してしまいそうになるのを、いつも我慢して、あくまでも心の中で呼びかけている。

「朝のカンファレンス始めます」

今日の日勤リーダーとなっている看護師が、みんなに呼びかける。わたしはなっちゃんに背を向け、歩き出す。今日もそこかしこでアラームが鳴り、赤ちゃんが泣いている。ここはいつも騒がしい。

時刻が午前二時を回り、準夜業務に入っていた人たちが完全に退勤する。本来は午前一時十五分までが勤務時間なのだが、厳密に守られてはいない。日勤でも準夜勤でも深夜勤でも同じだ。ウロにいたときには定時退勤もそれなりにあったが、Nに移ってからは、記憶している限り、ない。バイタルチェック、オムツ類の補充、診療器材の確認、ノート記入、そうした作業をやっているうちに、つい延びてしまう。そしてなぜか、退勤間近になると、担当している子が泣き出すのだ。単なる偶然なのだろうけれど、それにしては多すぎる、とよく話題にのぼっている。

このNICUには、十一床がある。現在は二つあいているので、九人の赤ちゃんがいる。隣のGと呼ばれるGCU（新生児治療回復室）は、もう少しだけ多い。

患者の赤ちゃん三人に対し、一人の看護師が必要なので、単純計算では三人いることになるが、今もそうであるように、たいていは五人ほどが配置されている。けれど、赤ちゃん三人に対して一人の看護師なんていう元々の設定が、無茶な話なのだ。一対一ですら、手が足りないと感じることがある。授乳とオムツ替え、体重や哺乳量の入力。腕が十本くらいあればいいなんて、無茶な願望がよぎることすらある。

今日わたしが担当している赤ちゃんは二人で、そのうちの一人はお母さんが付き添っている。赤ちゃんは生後三日目で、お母さんもまだ入院中なのだ。週数も正産期で、普通分娩時は問題がなかったのだが、昨日の夕方から、黄疸《おうだん》の値が高いということでここに入っている。顔色も白目部分も黄色みが強い。朝になったら、光線療法をやる予定となっている。

「お母さん、眠くないですか？」

パイプ椅子に座り、コットに入っている赤ちゃんをじっと見つめているお母さんに話しかけると、逆に眠れなくて、と、困ったような、それでも笑みを作ろうとしている顔で答えられた。

赤ちゃんの母親に対して、お母さん、と呼びかけるのは、最初はなんだか気恥ずかしかったが、もう慣れた。チャイムを鳴らした人が誰なのかを伝える、なんとかちゃんママです、というのにも。

「突然でしたもんね、びっくりですよね」

「よくあることなんでしょうか」

患者家族から、治療や病状について質問されることは、ウロでもよくあったし、こちらが取るべき対応というのは変わらない。嘘《うそ》のない範囲で、けっして楽観的にも悲観的にもなりすぎないよう、わかりやすく答える。

「黄疸自体はよくありますよ。ただ、値が少し高いので、それが光線療法で落ち着くといいんですけど」

「そうですか」

心から納得してくれたという様子ではなく、どこか不安げではあった。当然かもしれない。

赤ちゃんは起きているけれど、声はあげず、昨日まで自分がいた大部屋の風景とは、だいぶ異なる場所の風景を見ているかのようだった。実際には新生児の視力はかなり低いとわかっているが。可愛いですね、と言うと、お母さんは、笑い声よりも吐息に近いような、ふふ、という言葉を発した。

「何かあれば、いつでも声かけてくださいね。もし眠れそうなら、病室戻っていただいても構いませんので」

「はい。ありがとうございます」

ちっとも眠れなそうな様子で、お母さんは言い、また視線をコットの中の赤ちゃんに戻す。もう一人の担当の赤ちゃんのところで、アラームが鳴る。わたしは軽く頭を下げたが、お母さんはこちらを見てはいなかったので、そのまま移動する。今度は保育器のほうだ。

アラームが鳴っているのは、呼吸モニターだ。保育器の小窓部分から手を入れて確認すると、赤ちゃんは寝ているようで、自発呼吸もできているようだ。両胸に貼りつけている電極の片方が外れている。しょっちゅう外れてしまうのだ。同じものをそのまま貼りつけようと思ったが、テープの粘着力が落ちているのか、なかなか貼りつかず、アラームもおさまらない。一旦モニターを止めて、下部の引き出しから、テープとハサミを出す。ちょうどいい大きさに切り、再び小窓から手を入れて付け替えた。起きないでね、起きないでね、と思いつつ。

電極の先には、動物が描かれた丸いパッドが付けられている。それぞれ羊と猫で、外れていた猫のほうを、左乳首の少し上に貼りつける。こうした可愛らしいものは、ウロにいたときは目にしなかった。

呼吸モニターを再開させる。表示はすぐに安定し、アラーム音も鳴らない。どうやら問題ないようだった。寝つづけてくれていることにも安心する。

Nに来た日、アラーム音にいちいち動揺し、確認していたが、どうやってもすべてがやむことはないのだと察するのに、さほど時間は要しなかった。アラームの設定が厳しいのもあり、呼吸や心拍の少しの乱れで鳴ってしまう。おまけに電極や手足の指につけているセンサーは外れやすい。他の人たちが全然気にしていなかったのを、どうかしているのではないかと思っていたが、自分もすぐに慣れてしまった。時々、初めて面会にやってくる保護者から指摘されたり質問されたりして、そうだった、と思い出す感じだ。

数歩歩いて、別の保育器の前に行く。なっちゃん。

眠っていなかった。目を開けている。あれ、起きてるんだ、と思った一瞬後に、なっちゃんの表情が動いた。眉間に皺《しわ》が寄り、口が開く。泣いているのだ。泣き声は聞こえない。まだ自発呼吸が安定せず、人工呼吸器につながっているチューブが口内に入っているため、どんなに泣こうと、声にはならないのだ。顔色が赤くなる。

「シュー、シュー」

なっちゃんの胸にもまた、羊と猫の電極がつけられている。それらには触れないように、胸の下あたりを優しく叩く。シュー、という何かを吐き出すような音を、就寝時の呼吸のようなリズムでゆっくりと出す。そうすることで、眠りやすくなるのだ。ここに来て知ったやり方だった。すぐにはおさまらない。なかなか眠れないのは当然だとも思う。気持ちとしては抱っこしてあげたいが、保育器から出して抱っこするためには、いくつものモニターを一旦切ったり、カニューラやチューブを外す必要がある。そもそも、保育器の中は、温度も湿度も快適なものに保たれているので、なるべく外気にさらすのは避けるべきだ。

ここに初めて来た日、なっちゃんを両手で持った際に、抱っこしている、と感じた。他の子に対しての抱っことは、異なる形だったけれど、それでも。まだチューブを一つもつけられておらず、ほとんど動くこともなく、タオルにくるまれていた。顔を覗きこむと、わずかに口を開いた。あのとき、夏生まれのなっちゃん、とフレーズめいたものが浮かんだのだ。すぐに保育器に入れる必要があり、一瞬だったけれど、本当はもっと長く抱いていたかった。

あれから何人もの赤ちゃんに触れ、抱っこした。どんな子もそれぞれに可愛さがある。それでもこんなにもなっちゃんが特別でありつづけるのは、やはり、初めて触った赤ちゃんであることが大きいのだと思う。そして、誰も面会に来ないことが。

面会に来た両親が、触れたり話しかけたりしている様子を見ると、彼らの背景を何も知らなくても、目の前にいる赤ちゃんが、愛おしくて愛おしくてたまらないと感じているのが伝わってくる。けれど、なっちゃんには面会に来る人は現れない。その分、ここにいるわたしが、他の子が受けているくらいの、いや、それには満たなくても、少しでも多くの愛情を与えたいと思ってしまう。だってなっちゃんも、こんなに可愛くて頑張っているのだから。

なっちゃん、ねんね。心の中で話しかける。

表情が戻っていく。どうやら泣きやんでくれたようだが、まだ眠れないのかもしれない。シュー、シュー、と音を出しつづける。どれくらい聴こえているのかも定かではないが。

テープが貼られているので直接は見えないが、細い点滴がつけられている。血管が線のように細いので、点滴を入れるのがとても難しく、入れるのは看護師ではなく医師の仕事だ。電極の先のパッドもそうだが、想像もしていなかった部分で、別の科との違いを実感する。最初からNICUや小児科に勤務していたのなら、おそらく何も思わなかった。

千四百グラムをわずかに超える程度で、極低出生体重児としてこの世に誕生したなっちゃんの体重は、まだまだ二千にも満たない。本来ならば、お腹の中にいても不思議じゃない時期なのだ。保育器は母親の胎内の環境に近づけている仕組みだ。

先輩看護師が早足で背後を通ったのを感じ、ふとそちらを見ると、Nの隅にある、折り畳んだパーテーションを二つ運ぼうとしているところだった。わたしは一瞬にして状況を把握し、なっちゃんの身体から静かに手を離すと、さっきの先輩よりも早足で向かった。二つ一緒に運ぼうとしている彼女に、運びます、と言う。答えはなく、無言だった。一つだけを押していく。

さっき赤ちゃんを見つめていたお母さんが、授乳をしようとしているのだった。今はお母さんの腕に抱っこされた赤ちゃんが、ふえん、ふえん、と小さく泣いているのに、近づいてから気づく。他から見えないように、パーテーションを使って、スペースを作り出す。わたしは慌てて、体重測定用の車輪付きスケールを持ってくる。

「授乳クッションいりますか？」

体重測定は、授乳量を計算するためだ。それを終えたタイミングで、先輩が聞き、お願いします、と返事があった。言い終わらないうちに、先輩が動いていた。

「これで足ります？」

二つのクッションを受け取り、お母さんは、ありがとうございます、と言った。測定が終わって、再び両腕に抱いている赤ちゃんを揺らしながら。

「おっぱい、いっぱい飲んでくだちゃいねー」

先輩は赤ちゃんに向かって、声のトーンを上げて言った。過剰な赤ちゃん言葉が苦手だ。この先輩は、特に目立つ。わたしはお母さんに向かって小さく頭を下げたが、こちらを見てはいなかった。先輩がパーテーションを一旦動かし、そこから出る。わたしも後につづく。そして出た瞬間に、こう言われた。

「今、ちょっといい？」

さっきまでの声と、別人のようだった。あ、叱られる、とすぐにわかった。はい、と答えるよりほかない。入口近くのスペースに移動する。

入口からちょうど現れた人がいて、確認すると、朋子さんだった。休憩から戻ったのだ。休憩に入ります、と姿を消してから、まだ四十分くらいしか経っていないと思うが、一時間の休憩をフルに使う人は少ない。朋子さんが戻り次第、わたしも休憩に入る予定だったが、遅れるだろう。仕方ない。

「今日、担当だよね？」

先輩が言う。パーテーションのほうにちらりと目をやったので、誰のことを指しているかはすぐにわかった。視線がなくても気づいただろう。

「はい」

わたしは答える。

「授乳、少し前からしたかったみたい。気づかなかった？」

「すみません、他のところにいて」

「わかるよ。一人で何人も担当しなきゃいけないし、タイミングによっては、待たせちゃうこともあるのは。それは当然だけど、相田さん、乃愛ちゃんのところにいたよね？　乃愛ちゃんの担当ではないでしょう？　別にアラーム鳴ってたわけじゃないよね？」

「違います。ただ、泣いちゃってたので」

「うん、それもわかるんだけど」

先輩は、はあ、と息をついた。わたしがつかせているのだ。

「相田さん、今日だけじゃないでしょう。いつも乃愛ちゃんの様子を見に行ってるよね。担当じゃないときにも。何か理由あるの？」

ばれていたのか、と同時に、ばれて当然か、とも思った。みんな忙しく動き回っているが、状況が見えていないわけではない。

理由。自分がNに来た日が、なっちゃんの誕生した日だったから？　Nで最初に触れた赤ちゃんだから？　なっちゃんが可愛らしいから？　おそらく、どれも当てはまるけれど、どれも微妙に違う。

なっちゃんのお母さんが、他のお母さんのように、頻繁に姿を見せていれば、わたしはこんなにもなっちゃんを気にしていないのかもしれないと、さっきも似たようなことを思ったが、改めて考えてしまう。誰も面会に現れず、保育器の中でひたすら時間を過ごしているなっちゃんの姿が、切ないのだ。

「いえ。すみません」

わたしは思いを口にはできず、ただ謝る。

それでもどこかには、割り切れないものが残る。かすかな苛立ちめいたもの。

苛立ちめいたものは、先輩にではなかった。ちっとも現れない、なっちゃんのお父さんとお母さんに、だ。今ごろ、なっちゃんのお姉ちゃんである上の娘と一緒に眠っているのだろうか。まだ二歳くらいのはずだ。ここに入室できるのは、原則、赤ちゃんの両親のみで、きょうだいは認められていないので、お姉ちゃんの姿を目にしたことはない。

「まだ慣れないのはわかるけど、考えて仕事して」

先輩は言った。わたしは一瞬黙ってしまう。苦しさと恥ずかしさが生まれた。

おそらくパーテーションの向こうにいるお母さんには聞こえないように、気遣って、声のボリュームを控えめにしてくれているのだろうが、それでも他の看護師たちには聞こえているに違いなかった。みんな何事もないようにいつもどおり仕事をしているが。

「すみません」

わたしは言った。他に言えることは思いつかない。

「いろいろお願いね」

先輩は、少しだけ口調を和らげるようにして言った。はい、とわたしが答えると、すぐにまた移動した。

顔をあげたとき、少し離れた場所にいる竹下先生と目が合った。三人いる新生児科の医師の中で、もっとも若い竹下先生は、わたしを含めどの看護師ともフランクに接してくれるが、一方では、心が読みづらい雰囲気がある。何を考えているかわからない、という感じだ。顔立ちも整っていて、背も高く、医者ということで、さぞかしモテてきただろうから、人との距離を保つことを身につけているのかもしれない。

気まずさから、ごくわずかに頭を下げたが、目が合ったのは一瞬で、向こうは目が合ったことすら気づいていないかのように、視線をずらしていた。

なっちゃんの姿が見たかったが、さすがにこのタイミングで行く勇気はなかった。かといって休憩にも入りづらい。ひとまず、授乳が終わったら、また体重測定をしなくてはならない。パーテーションに近づいていく。

「何も予定はなかった？　ごめんね」

「いえ、ほんとに暇なので。ありがたいです」

朋子さんは何度目かの謝罪の言葉を口にしたが、本当にありがたかった。わたしが先輩に叱られていたのを気にかけて誘ってくれたに違いない。

それに、暇なのも事実だった。半年ほど前に、付き合っていた彼氏と別れて以来、仕事以外のスケジュールはほとんど埋まらなくなった。寂しさよりも楽さのほうが大きい。今は。

「朋子さんこそ、大丈夫ですか？　お家《うち》は」

「うちはもう、まったく」

そう言って、朋子さんは首を横に振った。まったく問題ない、ということだろう。

「お待たせしました、こちら、自家製フレンチトーストモーニングです」

「あ、はい」

小さく手をあげると同時に、わたしの前に、黒く深さのある鉄板にのせられたフレンチトーストと、小瓶に入ったメープルシロップが置かれる。おいしそう。

「こちらはアサイーヨーグルトボウルモーニングです」

紫に近い色をしたヨーグルトには、キウイや苺など、数種類のフルーツがのせられている。朋子さんは店員に向かって、ありがとうございます、と小さく言った。

「いただきます」

ナイフとフォークを使い、一口大に切ったフレンチトーストを口に運ぶ。熱い。そしておいしい。メープルシロップをかけすぎてしまった気もしたけれど、甘さが、疲れた体にも心にも届いていくのを感じる。

いつも長いと感じている、病院を出てから駐車場までの距離のあいだに、麻美《あさみ》さん、と背後から話しかけられた。振り返ると、朋子さんがいた。Nにうつってから初めて下の名前で呼んでもらえたことが嬉しかった。

このあと、もしも時間あったら、朝ごはん食べに行かない？

ウロにいたときには、同じシフトだった他の人たちと、勤務明けに食事に行くこともあったが、Nにうつってからは、そうしたことはなかった。来て早々、歓迎会と称した飲み会は二度ほど開催されたが、それくらいだ。わたしは喜んで、はい、と即答した。

ファミレスの中は強く冷房が効いている。涼しいというより寒いくらい。まだ夏しか知らないが、Nは年中同じ温度に保たれているはずだ。窓がないあそこには、季節というものはない。病院から外に出るときに、いつも少し戸惑う。

「Nは慣れた？」

朋子さんに訊ねられ、わたしは、いえ、なかなか、と答えた。

「前にいたのはウロだっけ？」

「そうです」

「わたしも少しだけいたことあるのよ。もう、大昔だけどね」

「え、そうなんですか？　ずっとＮなのかと思ってました」

朋子さんは、ＮＩＣＵが似合う。何もかも知り尽くしているようにすら見える。

「まだ三年くらいよ。それまでは産科にいたんだけど、人が少ないからぜひってお願いされて、じゃあってことで」

「知らなかったです。助産師って学生時代に取りました？」

「ううん、全然。子ども産まれて、しばらくしてから、学校に行き直して取ったの」

「そうなんですね。わたしも取ろうか迷ってて」

朋子さんは助産師の資格を持っている。Ｎにいる看護師の半分以上はそうだ。仕事内容はほとんど変わらないのだが、それでもＮに来てから、看護大学時代に取得しておかなかったことを激しく後悔した。

「働きながらだと、なかなか大変だもんね。麻美さん、Ｎに自分から希望出したのよね？　すごいわあ」

「いろんな人に止められました」

「わたしも希望してる人がいたら止めるわ」

「え、どうしてですか？」

意外だった。こんなにもＮＩＣＵにいるのが似合う彼女ですら、反対するなんて。わたしは理由を問わずにはいられなかった。

「いろいろあるけどね。一回来ちゃうと、他に戻りにくくなるでしょう。採血しなくなるし、薬の量なんかも他の科とはケタが違うから感覚が変わってくるし。あとはやっぱり」

短い沈黙が挟まれたので、これからどういうことをいうのか、なんとなく予想がついた。

「何かあったときに。大人でももちろんしんどいんだけど、赤ちゃんは、特にね」

あえて曖昧にして、使わなかったのであろう単語が、けれどはっきりと伝わる。死。

わたしたちのいるNICUは、幸い、重篤な患者が入院することは少ない。車で四十分ほどかかるところに、もっと大規模の病院及びNICUがあり、妊娠中からハイリスクが指摘されている場合は、そちらを案内されることが多いからだ。ただ、まったくいないかというと、そんなことはない。

三年前、わたしたちのNICUでも、亡くなった子がいると聞いている。朋子さんが話しているのは、おそらく、その子のことなのだろう。細かく訊ねるのははばかられた。

今度はまた、朋子さんから訊ねられた。

「子どもが好き?」

「はい」

即答できた。ずっと子どもが好きだった。自分自身が子どものときからだ。五歳上の姉がいるのだが、妹になってほしい、としょっちゅう言っては泣き、姉を怒らせ、両親を困らせていた。妹や弟がいる友だちが、うらやましくて仕方なかった。

「赤ちゃん、可愛いからね」

朋子さんは言い、微笑む。

「ほんとに。可愛いです」

「距離感が難しいけどね。近すぎても遠すぎてもダメだから」

朋子さんは微笑んだまま、視線を遠くにやった。何かを思い出しているのかもしれなかった。もちろん、何を思い出しているのかは、わたしにはわからない。

わたしは、なっちゃんの話がしたくなった。できる気がした。

「あの、な……乃愛ちゃんの件ですけど」

リラックスしすぎているのかもしれない。わたしが名前を言い直したことを、朋子さんは特に気にかけているようではなかった。無言で頷いて、言葉の続きを待っている。

「お父さんもお母さんも、ずっと来てないですよね」

カンファレンスでも幾度か話題にのぼっていた。こちらからしょっちゅう、お母さんに電話をかけてもいて、わたしがかけたこともあるのだが、出てはもらえなかった。数回出たこともあるというが、こちらに来るように伝えても、はい、と答えるだけで、実際には姿を見せない。その繰り返しだ。治療方針について相談することもかなわないでいる。

また頷いた朋子さんに向かって、わたしは言った。ずっと思ってはいたが、口にするのは初めてだった。

「ひどすぎませんか？　どうでもいいんですかね」

朋子さんは黙ってこちらを見た。そして口を開いた。

「それは、わからないわ」

いつにも増して、ゆったりとした口調だった。一音ずつが独立しているかのような。

同意してもらえると思っていたので、わたしはつい、そうですか？　と口にした。朋子さんはドリンクバーから持ってきていた赤いお茶（多分ハイビスカスティー）を飲んでから言った。

「生まれたばかりの子どもがＮＩＣＵに入るのは、ほとんどのお母さんにとっては初めての経験だと思う。おそらく予想すらしていなかった人も少なくない」

わたしはオレンジジュースを飲み、続きを待つ。

「治療が必要な赤ちゃんと同じくらい、もしかしたらそれ以上に、しんどさを感じていたり、苦しんでいたりするお母さんもいっぱいいると思うの」

「でも、だからって、逃げるのは」

「逃げてるって決めつけちゃダメ」

口調は相変わらず柔らかなものだったけれど、言い切られた言葉には、力強さがあった。

「他人が決めつけられることなんて、何一つないと思うわ」

朋子さんの言葉が、わたしの中に落ちていく。わたしは決めつけているのだろうか。

「ごめんなさい。なんだか偉そうに聞こえちゃったね」

わたしは首を横に振り、言う。

「いえ、そんなことはないです」

なっちゃんのことを思う。わたしが退勤するときには眠っていた。そろそろミルクの時間になるはずだ。いつになっても現れないなっちゃんのお父さんやお母さんは、本当に苦しんでいるのだろうか。

そろそろ退勤を意識し出した十七時過ぎになって、チャイムが鳴った。わたしが出ようとしたのより一瞬早く、先輩看護師が応対した。そして彼女が、信じがたい言葉を発した。

「乃愛ちゃんママです」

声をあげそうになった。つい振り向くと、さっきやってきたばかりの、準夜勤の朋子さんが、ちょうどわたしを見ていて、わかっていたかのように、微笑みつつ頷いた。

現れたのは、本当に、なっちゃんのお母さんだった。根元が黒っぽくなってしまっている明るい茶髪を、後ろで一つ結びにしている。Ｔシャツにデニム姿。化粧っ気のない顔で、不安げな表情を浮かべている。

「こんにちは」

チャイムに応対したのと同じ看護師が、そう声をかけると、あの、これ、と、小さなバッグを手渡してきた。中身はすぐにわかったので、近づいて言った。

「お預かりしますね」

ファスナー部分をあけると、予想通りのものが目に飛びこんできた。冷凍された母乳パックが四つ。丸っこい文字で記入された日付は、昨日のものと今日のものが混ざっている。どれも百ミリリットル近い量だ。ずいぶん順調に出ているらしい。今までどうしていたのだろう。こんなに出るなら、ほっといては張ってしまうし、乳腺炎にもなる。おそらく捨てていたのだろうけれど、だったらなぜ届けてくれなかったのか。

母乳。わたしではなっちゃんに与えることができなかったもの。わたしだけじゃなく、他の誰にも。

一つは次の授乳時に与えるので冷蔵、残りは冷凍保存だ。冷蔵庫の前で、必要な処理をし、間違いがないよう、他の人にも確認してもらう。

作業を終えて戻ると、ちょうど、保育器の横で、お母さんがなっちゃんを抱っこしていた。腕に抱えたなっちゃんを見ながらつぶやく。

「可愛い」

そして彼女は、なっちゃんを抱いたまま、ごめんね、と泣き出した。横にいた朋子さんが、お母さんの背中をさする。ごめんなさい、と、今度は朋子さんに向かって言い、またなっちゃんを見て、可愛い、可愛い、と繰り返す。

見ているわたしまで、泣きそうになった。なっちゃんの顔は確認することができない。けれど知っている。なっちゃんは可愛い。ずっと可愛かった。お母さんが現れなかったときも。

「乃愛さん、よかったね。お母さん、一旦、座りましょうか」

朋子さんが言う。なっちゃんを保育器に戻すようだ。わたしはやりかけの入力作業に戻るため、さっきまで使っていたパソコン前に移動するが、つい意識をそちらに集中させてしまい、手は止まってしまう。

「母が、わたしの入院中からずっと具合が悪くて、癌《がん》だってことがわかって。もうあちこちに転移していて、手術もできないらしいんです。どうしていいかわからなくて」

なっちゃんのお母さんは、苦しそうに、途切れ途切れに話している。朋子さんが、そうだったんですか、大変ですね、と、つらそうな声で返事をする。

和久田さんが、突然すみません、と、なっちゃんのお母さんに挨拶する。週に四回、ここに姿を見せる和久田さんは、臨床心理士の女性だ。主に赤ちゃんの母親に対して、心理カウンセリングを行っている。いるときには、彼女もカンファレンスに加わっているので、状況は理解しているはずだ。

なっちゃんのお母さんは、泣きながら和久田さんに挨拶を返し、そしてまた話を続ける。毎日、どうしていいかわからずに、家で泣いて過ごしていたこと。なっちゃんのことも気になっていたが、上の娘を預ける先も浮かばなかったので、一緒に病院に来ることも難しかったということ。今日は珍しくなっちゃんのお父さんが休みで、今、なっちゃんのお父さんとお姉ちゃんは、エレベーターを降りた場所の近くにあるスペースで待っていること。後でお父さんも交代してここにやってくるつもりだということ。

「ごめんね」

なっちゃんのお母さんの言葉に、つい顔をそちらに向ける。彼女は保育器の中のなっちゃんを見て、そう言っていた。顔が涙でぐしゃぐしゃだ。和久田さんが、使ってくださいね、と箱ティッシュを差し出す。ここではいたるところに箱ティッシュが置いてある。汚れを拭いたりするのにも使うが、こんなふうに泣いてしまう人が多いからというのもある。洟《はな》をかんだお母さんは、椅子から立ち、保育器に張りつくようにして、また口を開く。

「わたし、怖かったんです。治療中の弱っている姿を見たら、自分がどうにかなっちゃうんじゃないかって。申し訳なかったです。だけど、可愛い。本当に可愛い」

途切れ途切れに発される言葉。

「可愛いですよね」

和久田さんが言う。

「喜んでますね、乃愛ちゃん」

そうも言う。なっちゃんの顔は、さっき抱っこされていたとき同様、やはり確認できない。けれどきっと喜んでいるのだろうと思った。お母さんに会いたかったのだ。

今でも容易に思い出せる。初めて触れたときの感触。重み。表情。可愛かった。ずっとずっと、可愛かった。

もうわたしのなっちゃんではない。あの子は、乃愛ちゃん。

# 働く場所

冷房の効いたファミリーレストランに、客はごくわずかだった。注文の品が届く前、視線を落とし、腕時計で確認した時刻は、午前十時を回ったところだった。仕事を終えてから三十分くらいか。いつもよりはだいぶ早く終えたつもりだったが、定時である九時十五分に終わったことは、まずない。

ちょうど黒川《くろかわ》さんと入れ替わりだった。Nを出てすぐの廊下ですれ違ったのだ。先に気づいたわたしが、おはようございます、と言うと、黒川さんは、モップを持ったままで、あら、おはようございます、おつかれさまです、と返してくれた。

黒川さんとは、三年前から顔見知りだが、詳しいことは知らない。住んでいる地域も、下の名前も、おそらくわたしより上であろうと思われる年齢も、家族構成もわからない。離れた場所に、娘さんとお孫さんがいることしか。

それでもわたしは、彼女に親しみを抱いているし、彼女もなんとなく、わたしに親しみを抱いてくれているだろうと感じる。他の看護師にくらべて。

心《ここ》さんの件が関係しているのは確かだ。あの日、彼女はマスクを外して泣いた。目の前でフレンチトーストを頬張る麻美さんを見て、若いな、と思った。うらやましいというのでも、反対に気の毒というのでもない。ただ単純に、若いな、と思うだけだ。

麻美さんは、わたしよりも祥真《しょうま》の年齢にずっと近い。看護師として長く勤めている現状、そんなことは珍しくないのだが、その事実をうまく飲みこめていない自分がいる。

自分が歳を重ねて五十歳間近となったことがではなく、祥真が二十代になったことが飲みこめていないのだ。

麻美さん本人は気づいていないだろうが、フレンチトーストがおいしいのか、一瞬、顔がほころぶ。それが可愛らしかった。

軽いものをと思って選んだアサイーヨーグルトは、思いのほか量が多い。深夜勤を終えたあと、お腹がへって仕方ない、と同僚と言い合っていたのは、もう遠い昔だ。

祥真の年齢と異なり、自分の年齢はすんなりと受け入れられているつもりだが、過去と現在が地続きなことが、時々信じられないような気持ちになる。四十代後半のわたしにもかつて、目の前の彼女のように、二十代前半のときがあった。まだ結婚する前だ。

当時の記憶を、頭の中で引き寄せようとしてみても、自分のものとは思えない。いつか見たドラマや映画、読んだ本といったもののほうが近い気がする。

「Nは慣れた？」

わたしは彼女がフレンチトーストを飲みこんだ頃合いを見て、そう訊ねた。

「いえ、なかなか」

苦笑いと一緒に、答えが返ってくる。仕事は問題なくこなしているように見えるが、本人なりに思うところはあるのだろう。

自らNICUへの勤務を希望する看護師は多くない。多くないどころか、めったにいない。それも無理はない。仕事内容が他の科とは異なっている。他の科では看護師が行う、採血や点滴といった作業は医師が行い、わたしたちはあくまで補佐だ。しかし一つ一つの行動への責任は重い。大人相手なら簡単にできることであっても、圧倒的に小さく、何も言えない赤ちゃんが相手だと、ひどく困難なことに感じられる。

大人相手であれば適当にできる、というわけではないが、動作に対する労力が、やはり桁違いに思えるときも多い。小さな衝撃でも簡単に割れてしまう卵を、手にいくつも抱えて歩いているような、そんな緊張感が常に伴っている。

なによりも、最期の瞬間。

高齢の患者さんが亡くなってしまうときの悲しさや寂しさも大きいが、赤ちゃんが亡くなってしまうときのそれらは、違った種類の痛みをこちらにもたらす。喪失感や無力感という言葉におさまりきらないほどの絶望。親御さんたちの悲しみには、とうてい比べられないが、それでも傷はしばらく残る。傷跡になってからも、消えることはない。

ちょうど、NICUに希望を出す看護師がいたのなら止めるという話の流れになり、麻美さんに理由を訊《き》かれて、わたしは言う。

「何かあったときに。大人でももちろんしんどいんだけど、赤ちゃんは、特にね」

さっき黒川さんのことを思ったときに、頭に浮かんだ顔が、またよみがえる。間宮《まみや》心さん。わたしがNに移って間もない頃、そこで息を引き取った女の子。

もう三年が経つ。けれど今でもふとした瞬間に、心さんの眠る様子や、抱いたときの軽さを思い出すことがある。最期の、笑ったような表情も。

もしも麻美さんが訊ねてきたのなら、心さんの話をしようかと思ったが、彼女はうつむき、少し何かを考えこむような様子を見せた。中途半端なことを言ってしまったかもしれない、と思ったが、聞かれもしていないのに、詳細を話すことはためらわれた。なので、別の話題を振ることにした。

「子どもが好き？」

「はい」

笑顔の即答だった。

「赤ちゃん、可愛いからね」

そう言ってから、思い出したのは、過去現在Nにいた子たちではなく、祥真の赤ちゃん時代だった。

「ほんとに。可愛いです」

麻美さんの言葉に、つい、洩《も》らしてしまう。

「距離感が難しいけどね。近すぎても遠すぎてもダメだから」

Nにいる赤ちゃんは、いずれ退院する。わたしたちはお世話をする上で、赤ちゃんに与えるストレスをなるべく最小限に抑えなくてはならない。そのために、優しく、時に母親のように接することは大切だが、遅かれ早かれ、別れは訪れる。

「あの、な……乃愛ちゃんの件ですけど」

麻美さんが言う。

予想していた。今日こうして、夜勤終わりに彼女を誘ったのは、きっと話したい思いがあるだろうと感じたからだし、それは乃愛さんに関することだろうとも。わたしは頷く。

「お父さんもお母さんも、ずっと来てないですよね」

麻美さんは、NICUに入っている乃愛さんをとても気にかけている。麻美さんがNにやってきた日に入った患者さんであるということが関係しているのかもしれないし、彼女が怒っているように、乃愛さんのご両親が面会にやってこないことが関係しているのかもしれない。

現在、Nにいる赤ちゃんは九人だ。数日前に退院できた子がいて、昨日入ってきた子がいる。乃愛さん以外の子たちには、親御さんが、毎日ないしは週に何度かの頻度で面会に現れているので、余計に麻美さんが憤ってしまうのかもしれない。

ただ、実は、面会にやってこない親御さんは珍しくない。退院間近になっても現れず、相談ができずに怒る医師や看護師の姿もよく見る。わたし自身にも、担当した子に関して、やきもきした経験や、心配になった経験は数多くある。むしろ今のように、どの子にも面会に来ている状態が稀《まれ》なくらい。

多かれ少なかれ、みんな戸惑っているのだ。自分の子が突然抱えてしまった、他者との差異に。

担当していた赤ちゃんに関する、自分が見聞きしてきた具体的な体験談を、目の前で話す麻美さんに伝えようか、一瞬迷ったが、あまり参考にならないかもしれないと思った。面会に来ない親御さんが、他にいるとわかっても、慰めになりはしないだろう。

「ひどすぎませんか？　どうでもいいんですかね」

麻美さんは、乃愛さんのご両親が面会に現れないことを、悲しんでいるというよりも、怒っているようだ。怒りは、あらゆる感情の中でもっとも、強いエネルギーを必要とする。彼女には、エネルギーが溢れているのを感じる。

「それは、わからないわ」

わたしは答えた。病院に現れない理由や、自分の子に対する感情を、こちらが勝手に決めることはできない。

「そうですか？」

麻美さんは、明らかに納得していない様子だった。わたしはあたたかいハイビスカスティーを飲む。思ったよりも酸味が強い。

「生まれたばかりの子どもがＮＩＣＵに入るのは、ほとんどのお母さんにとっては初めての経験だと思う。おそらく予想すらしていなかった人も少なくない」

自分が担当してきた子どもたちや、親御さんの姿を思い出す。子どもが可愛く思えないんです、と言って泣いていた母親も、かつて何人も見てきた。

「治療が必要な赤ちゃんと同じくらい、もしかしたらそれ以上に、しんどさを感じていたり、苦しんでいたりするお母さんもいっぱいいると思うの」

「でも、だからって、逃げるのは」

逃げる、という言葉が引っかかった。面会に来ないということは、逃げていることだと決めつけているのだ。子どもの病気から。子ども自身から。わたしは言った。

「逃げてるって決めつけちゃダメ」

ダメ、という言い方はよくなかったと気づき、付け足す。

「他人が決めつけられることなんて、何一つないと思うわ」

それでもやはり、強い言葉に聞こえてしまったかもしれないと自分で感じ、さらに言う。

「ごめんなさい。なんだか偉そうに聞こえちゃったね」

「いえ、そんなことはないです」

首を振り、否定してくれた麻美さんは、なおも何かを考え込んでいるようだった。おそらく乃愛さんのことを。


ファミレスの駐車場で麻美さんと別れ、家に向かっている。

一人きりの車内は、気楽な空間だ。免許を取ったばかりの看護学生の頃は、運転がストレスで仕方なかったが、運転がすっかり日常となっている今は、むしろリラックスできるくらいだ。

そんなふうになったのは、いつからだろうか。看護学生時代の、普通免許を取った直後は、短時間の運転ですら、緊張で疲れ切ってしまうほどだった。もうその感覚は思い出せない。いつのまにか慣れていく。

十一時半を過ぎている。夫は会社で仕事をしているだろう。かつては屋外での現場監督仕事が多かったが、ここ数年は、内勤ばかりなのだという。祥真が何をしているのかは、まったくわからない。寝ているのか起きているのかさえ。同じ家にいるときでも、そうなのだから。

運転中はつけっぱなしにしているラジオから、男性キャスターの声が、子どもが虐待によって死亡したというニュースを伝えている。気づいた瞬間から、あまり聞かないようにした。

歳を重ねるということは、蓋をするのがうまくなることなのかもしれない、と思うときがある。身近な誰かのことや、時に見知らぬ誰かのことさえも、自分のことのように置き換え、怒ったり悲しんだりする瞬間は、めったに訪れなくなった。

年齢だけを理由にするのは間違っているが、憤る麻美さんの背景にも、やはり彼女の若さがあると感じる。けれどそれはけして欠点ではない。むしろ誠実さだとすら思う。彼女はきっと、今わたしが聞かないようにしたような、頻繁に流れる児童虐待のニュースにも、向き合って、その都度胸を痛めているのだろう。若かりし頃のわたしが、似た部分を持っていたように。

こうした虐待のニュースがきっかけで、夫と激しい喧嘩《けんか》になったことがある。もう二十年近く前。わたしは幼い祥真を保育園に預け、助産師学校に通っていた。

ひどいニュースだった。毎日のように報じられる内容に、耳をふさぎたくなった。五歳と三歳の二人の子どもが、実母と継父によって虐待された。二人はひどい暴力をふるわれ、タバコによってヤケドさせられ、まともな食事を与えられなかった。やがて死にいたったのだが、胃の中はからっぽだったという。

祥真は隣の部屋で眠っていた。わたしはニュースを見ながら、泣くのをこらえられず、同じように隣でテレビ画面を見る夫に、ひどいよね、と話しかけたのだ。夫は、ああ、とか、うん、とかいった生返事をして、わたしは泣きながら話を続けた。こうした虐待をなくすために、自分ができることはないのか。看護師として仕事に復帰する予定のわたしには、何が可能なのか。たとえばこれから先、祥真の通う保育園や小学校で、虐待されていそうな子を見つけたのなら、どうすればいいのか。

想像や不安はいくらでも膨らみ、思い浮かぶそばから言語化して夫に伝えたのだが、どんな話をしても、彼の反応はかんばしくなかった。聞いているか訊ねれば、聞いているというのだが、相づち以上のことを口にしない。

わたしは苛立ってしまい、夫に言った。

「どうしてまじめに考えないの？」

夫は困惑を隠すことなく顔に浮かべ、そして答えた。

「考えるから存在するんでしょう？　考えなければ存在しない」

意味がわからない、と思ったし、そのまま伝えた。わたしは苛立っていた。夫は、もう少しだけ詳しく説明した。実際に存在しないというわけじゃないけど、少なくとも自分の中では存在しなくなる、それでいいじゃないか、と。

驚いたし、ショックを受けた。想像力と優しさの欠如に。こんな相手と結婚して子どもを作ったことは間違いだったのではないか、とすら思った。

その後もわたしは、そんなのは見て見ぬふりであってまったく問題の解決ではない、と夫を責めたし、夫は夫で、自分たちのことならともかく、赤の他人の家のことまで考えたって仕方ない、と声を荒らげて言った。今度は虐待のニュースによってではなく、夫とのわかり合えなさに、わたしはまた泣いた。考えたって仕方ないと言うけれど、考えたくて考えるわけではない、それでも考えずにいられなくなるのだ、と。

今のわたしは、あの頃の夫に近い。だからこうして、虐待のニュースに耳をふさぎ、平然と車を運転している。

最後に夫と、あんなふうに激しく言い争ったのは、いつだろう。おそらく祥真のことに関してだろうと思うが、いつのことなのかは、まったく思い出せそうにない。

夫はさすがに、祥真に関しては、あからさまに思考を放棄したことはない。それでもわたしが不安に思い、本気で考えているのかと問い詰めた場面は少なくない。今はもう訊ねないし、向こうからも特に口にはしない。

さっきファミレスで、自分が発した言葉が、頭の中でよみがえる。

逃げてるって決めつけちゃダメ。

咄嗟《とっさ》に出た言葉だったが、逃げていないとするのも、決めつけているということだ、と思う。乃愛さんのご両親は、麻美さんの言うように、ただ逃げているのかもしれない。それだって可能性はゼロじゃない。

彼女の言葉を、反射のように否定したのは、自分に向けられたかのように錯覚したからだ。逃げているわけじゃないと、誰かに言ってもらいたいのだろう。それを自分で言ってしまった。しかも、後輩への助言めいたふりまでして。

祥真の乳児時代が、また頭に浮かぶ。思い出は無数だ。忘れてしまったことも当然多いのだが、いまだに憶《おぼ》えていることだけでも相当な数があり、仕事中に、突然ふっとよみがえっては、戸惑ってしまったりするくらいだ。もう二十年以上も経つのに。

無数にあった選択肢の、どれが間違っていたのか、いまだにわからない。おそらく一生わかることはないだろう。それでも、たとえば、祥真を保育園に入れずに、仕事復帰のタイミングを遅くしていたなら、今とは異なる状況だったのだろうか、なんてことを考えてしまう。

距離感の話を麻美さんにしたが、わたしはずっと、祥真にとって、遠すぎる母親だったのかもしれない。

仕事を頑張っていて、会う時間がなかなか取れなくても、きちんと信頼関係が築かれている親子はいくらでもいる。だからあくまでも、問題は仕事ではなく、夫とわたしなのだろう。そして祥真の。組み合わせなのかもしれない。祥真を育てたのが、別の母親だったなら、今広がっている未来は、まるで違った形をしていたはずだし、それは明るいものだったかもしれない。

そもそも夫とわたしの組み合わせでなければ、祥真はこの世に存在していないのだから、自分がいかにありえない、そして無意味な想像をしているのかはわかっている。こんな想像をいくら積み上げたところで、何にもならない。だったら帰ってから作る料理のことでも考えたほうが、ずっと有益だ。

考えたって仕方ない。

あのとき夫が言ったことは、確かに正しかったのかもしれない。

もう少しで家に着く。着きたくない、と思ってしまう気持ちを打ち消したくて、わずかにアクセルを踏む。

軽く眠ってもまだ、朝に食べたアサイーヨーグルトが、胃のあたりに残っているような感覚がある。昼食はもちろんとっていない。

廊下を通って台所に移動すると、食器かごの中に、マグカップが一つと、お皿が一枚と、バターナイフとスプーンが一つずつ入っていた。まだ完全に乾ききっていない。

帰宅直後にはなかったものなので、わたしが眠っているあいだに、台所にやってきた祥真が、昼食をとったのだろう。もっとも、昼食という概念なのかはわからない。祥真は一日に一食しか口にしていないようなときもあれば、四食くらいとっている様子のときもある。

以前夫が、自分の汚した物くらいはちゃんと洗え、と厳しく叱ったのだが、以来、洗い物はこうして食器かごに置かれている。他の洗い物があっても、それらには手をつけていない。無言の抗議のように感じられる。夫が叱ったとき、祥真は高校生だった。既に学校には行かなくなっていたが、あのときはまだ、顔を合わせることも少しはあった。

台所の戸棚と、冷蔵庫をそれぞれ確認すると、食パンが二枚と、お皿に入れてあったポテトサラダが少し減っているのがわかった。トースト、バター、ポテトサラダ、か。

冷蔵庫には、わたしの勤務シフト表がマグネットで貼ってある。マグネットはイルカの形で、祥真が小学生時代に、修学旅行で水族館に行った際、おみやげとして買ってきてくれたものだ。表面がすっかり剝げて、本来の青い部分よりも、下に隠れていたはずのシルバーの部分のほうが大きくなっている。

祥真はこのシフト表を確認しながら、なるべくわたしと顔を合わせないようにして、この家での時間を過ごしているのだろう。今日もおそらく、わたしが台所にいないと確信してから降りてきたのだ。

洗濯やシャワーも、わたしたちとかち合わないタイミングで済ませているようで、たまに使用した形跡を見かける。

なんて息詰まる生活なのだろうか。祥真が誰もいない真夜中に、台所にやってきて、シフト表を見ているところを想像すると、胸が苦しくなる。

その場に立ちつくしてしまいそうになるのをとどまり、わたしは料理本を取りにいく。常備菜を作りおきしておくための料理本は四冊ある。

普段の料理にせよ、一時期のお弁当作りにせよ、料理本を参考にしていたわたしの姿に、夫はよく、わざわざ本見なくても作れるんじゃないの、と言った。非難というのではなく、単純に疑問に思っている様子だった。

結婚してから、料理は、ほぼわたしが担当している。面倒に思うこともしばしばだが、好きか嫌いか問われたのなら、けして嫌いではない（たとえば掃除のほうがずっと苦手だし嫌いだ）。レシピを見なくても、それなりのものを作れるだろうという気もする。

それでもいまだに料理本を確認するのは、そのほうが気楽だからだ。目の前に示されている行程を、一つずつクリアしていけば、目的地にたどり着ける。

中学時代、美術部に所属していたのだが、模写やスケッチばかりしていた。ゼロからデザインしていいポスター作りやコラージュといったものは苦手で、目の前のものを写していく作業が、集中できるし、好きだった。

わたしは完全な自由が苦手な性分なのだろう。

仕事に関してすら、そう感じることがある。学力的に、とうてい医師にはなれなかったが、もしもなれるだけの学力や環境があったとしても、わたしはそれを選ばなかっただろう。

もちろん看護師として、選択を迫られることはある。けれど、点滴の量も、薬の量も、わたしが決めるわけではない。なるべく正確な状態を把握し、それを医師に伝えるという重大な責任は毎日のようにあるが、最終的な決断は、わたしには委ねられない。無力さを痛感することももちろんあるが、それによって助けられている部分のほうが大きいのかもしれない、とすら思う。

患者さん一人一人や、その家族にしっかりと寄り添って、的確な言葉をかけられるほど、わたしは強くない。たとえば、同じようにNで働く、臨床心理士の和久田さんには、いつも感心する。なんてしんどい仕事をしているのだろう、と。

赤ちゃんのことを、大人の患者同様に、さん付けで呼ぶようにしたのは、産婦人科で働きはじめてからすぐのことだった。当時、祥真は三歳くらいになっていたが、気を抜くと、目の前の新生児たちに、すぐに祥真の姿を重ねてしまう。結果、患者さんである赤ちゃんの母親にまで、必要以上に厳しくしてしまったり、利己的な同情を向けてしまったりする。祥真とは違うのだと言い聞かせるための、さん付けだった。無理やりひねり出したような思いつきだったが、元来単純なのか、以来、うまく意識を切り離せている気がする。

シンク下のスペースから、なすをあく抜きするためのボウルを出そうとして、手をすべらせ、台所に金属音が響き渡る。音がおさまったとき、二階の自室にいるはずの祥真が反応するのではないかと、少しだけ思ったが、一切そんな気配はなかった。

わたしの足にすがりついて、泣きながら抱っこを求めていたあの小さな男の子は、もはやこの世界のどこにも存在していない。

「あのねえ、今日、娘と孫が来るのよ。久しぶりに会えるから、もう、年甲斐《としがい》もなく張り切っちゃって。昨日なんて嬉しくて、あんまり眠れなかったくらい。ふふふ」

一人きりの車内で、さっき廊下で別れたばかりの、黒川さんの姿を思い出す。はしゃいでいる、という言葉がぴったりだった。マスクをしていても、口元が笑っているのがわかった。

深夜勤を終えたわたしと、これからNの清掃業務を始める黒川さん。廊下ですれ違うのは数日ぶりだったが、少し離れた場所からでも、彼女がいつもよりずっと元気そうなのがわかった。歩き方だろうか。上がオレンジのポロシャツ、下がベージュのパンツという、いつもと同じ制服姿だったのに、それすら違って見えた。

おはようございます、と挨拶したわたしに、おはようございます、と黒川さんは言ってから、ちょっとだけお話してもいい？　と訊ねてきたのだ。きっと誰かに言いたくてたまらなかったのだろうと察した。はしゃいでいる彼女は、可愛らしかった。

本当はもう少し、細かいことを聞きたかった。会うのはいつ以来なのかとか、一緒にどこかに出かけるのかとか。けれど彼女のほうが遠慮してしまったようで、こんな報告されても困るわよね、ごめんなさいね、とまた歩きはじめてしまい、引きとめるタイミングを逃してしまった。

三年前、心さんが亡くなって数時間経った朝、黒川さんはNにやってきた。モップがけをしていたのだが、名札も外されて、空っぽになってしまったベッドと、居合わせていた看護師たちの態度から察したようで、こちらを振り返った。そのときにたまたま、わたしと目が合ったのだ。

何も聞かれなかったが、聞かれているのだとわかった。わたしは答えた。

「今日、明け方に」

不完全な答えだったが、わたしが口ごもる様子から、事情は伝わったようだった。黒川さんは、さっきよりも大きく目を開いてから、そうだったの、と言った。

次の瞬間、彼女の両目から、涙が流れ出たことに、わたしは少し驚いた。彼女自身も驚いていたのか、慌てて手の甲で涙をぬぐっていた。マスクを外し、ごめんなさいね、と謝った。そしてさらに言った。

「うちの孫も、あ、娘の子ね、少し前に生まれて、NICUに入ったの。ここじゃなくて、ずっと離れたところなんだけど。一昨日、元気に退院できたー、って連絡が来て」

「そうなんですか」

唐突に始まった話に、まったく戸惑いを感じなかったというと嘘になるが、元気に退院できたのはよかった、と思った。Nにいるすべての子がそうであればいいのに、とも。

「本当にありがたい場所だなって思ったわ。大変なお仕事でねえ。いつもありがとうございます」

向けられた感謝の言葉が、わたしに向かってのものだとは思わずに、一瞬、間があいてしまった。まっすぐに見つめられて、わたしへの言葉だ、と気づいた。

「とんでもないです」

わたしは答えた。他にも言いたいことはあったが、それ以上続けると、さんざん流したはずの涙がまた、こぼれてしまいそうだった。

黒川さんはまた、何もなかったかのように、清掃作業に戻った。わたしは少ししてから退勤し、ナース服を着替え、病院から少し離れた職員用駐車場まで早足で向かうと、停めていた自分の車に乗りこみ、ドアを閉めて、泣いた。心さんのぬくもりが手によみがえるように感じられて、こんなに泣いたのはいつ以来だろうか、というくらい泣いた。いくらでも泣けた。

担当の竹下先生とも、出勤してきた日勤シフトの看護師たちとも、悲しみを分かち合うことはできた。同じように、あるいはわたしよりも深く、悲しんでいるに違いなかったのだから。

けれど、分かち合いたいわけではなかったのだ。

自分だけの悲しみがある。それを意識させてくれたのが、黒川さんが流した涙だった。関わった日数や深さに関係なく、悲しみは起きる。彼女は多分、お孫さんのことを連想したのだろう。誰が何を思うのかは、他の誰にも決められないし、邪魔できない。そこにいいも悪いもない。

あのときのお孫さんに、黒川さんは、今日会うのだ。きっと三歳くらいのはずだ。可愛いに違いない。

黒川さん、わたしもちょっとだけお話してもいいですか？

わたしは心の中で、そんなふうに語りかけてみる。ラジオからは女性ボーカルの曲が流れている。柔らかなバラード。

わたし、今年二十歳になった息子がいるんですけど、しばらく顔を見てないんですよ。一緒に住んでるのに、おかしいですよね。中学生のときから不登校になって、でも環境が変われば大丈夫だろうと思って、高校に入学させたんですけど、そこでも不登校になっちゃって。あのとき、もっと、息子のやりたいことや思ってることを聞けばよかったのかもしれないですね。とにかく高校だけは行かせないとって、わたしも夫も、やっきになっちゃって。今、息子が何をしているのか全然わからないんです。部屋の前に行くと、キーボードを打つ音がしてるから、パソコンをやってるんだろうなってことまでは想像できるんです。でも、何を調べてるのか、誰と話してるのか、どんなふうに遊んでるのか、まーったくわからなくって。あんなに何でもわかってるつもりだったのに、不思議ですよね。いつからわたしは、息子のこと、わからなくなっちゃったんでしょうね。わたしね、時々Nにいる子たちのお母さんから、佐藤さんみたいな母親になりたいです、なんて言ってもらうことあるんです。もちろんお世辞だとは思うんですけど。でも、わたし、そのたびに、自分が大嘘つきになったような気になるんですよ。だって、わたしは、全然いい母親なんかじゃないんですから。

ベッドに腰かけた状態で、膝の上に置いた、水色の文集の表紙をじっと見つめている。描かれているのは象の絵だ。おそらくクラスで絵の上手《うま》い子が担当したのだろう。この文集のために描いたというわけではなく、別の行事で描いたものを、表紙絵に選んだのかもしれない。無論、象を見ていたいわけではない。

数時間の眠りから目覚めたとき、すぐに視界に入ったのは、寝室のタンスを開けて、何かを探している様子の夫だった。どうしたの、と声をかけると、ああ、起きたのか、と驚いていた。

「ちょうどよかった。数珠《じゅず》、どこにある？」

「数珠？」

起き抜けに言われたことで、状況を飲みこむのに時間がかかったが、取引先の社長が急に亡くなり、夫はこれから通夜に行かなければならないのだと言う。説明されて、夫が喪服姿であることに気づいた。

「数珠なら、多分、二階。いいわ、わたしが見てくる」

そう答えてから、物置がわりの、祥真の隣の部屋に行き、探しはじめた。

数珠は、かつて電話台にしていた棚の、二番目の引き出しから見つかった。すぐに夫のところに戻ろうとして、本棚の片隅に斜めに置かれていた、水色の文集に気づいたのだ。気づいてしまった。

通夜に出かける夫を見送ってから、また二階に上がり、そっと文集を手に取った。文集を持って階段を降りるとき、とても緊張していた。

ここには、祥真が、わたしのことを書いた作文が収録されている。小学校四年生だから、もう十年も前だ。感激して、繰り返し読んだはずなのに、すっかり内容を忘れている。何一つ思い出せない。

作文を読んだからって、何がどうなるわけでもないというのに、どうして、読むのをためらってしまうのだろう。幸福な記憶を掘り起こされることで、今、そうじゃないと思い知らされてしまうからだろうか。

深呼吸して、ページをめくっていく。すぐに見つかった。

「『ぼくのお母さん』佐藤祥真
ぼくのお母さんは、かんごしさんです。

毎日、朝も夜も、みんなのためにがんばって働いています。」

読み始めてすぐに、確かにこの作文をかつて何度も読んだ、と思い出す。

作文は、お母さんは仕事を頑張っている、ということが、言葉を変えながら綴《つづ》られていた。

「ぼくのじまんのお母さんです。

お母さん、いつもありがとう。」

最後の文章を読み終えた瞬間、わたしは泣いている自分に気づいた。何の涙なのか、まるでわからなかった。悲しいのか、嬉しいのかすら。

眠れないほど嬉しかったという黒川さん。黒川さんは、娘さんにも、お孫さんにも、会いたくて仕方ないのだろう。

わたしもずっと、祥真に会いたかった。

保育園のお迎えは、夫や、今は亡くなった義母に頼むことも多かったのだが、それでもわたしが行けることもあった。祥真はいつも、玄関に立っているわたしを見つけると、一瞬驚いた表情を見せ、それから笑ってこっちに近づいてくるのだ。短い距離を走って。

仕事でトラブルがあっても、祥真の寝顔を見れば、疲れは溶けていくように感じたし、この子のためならどんなこともできる、と本気で思えた。

Nで多くの親子の姿を見てきた。もちろん全員ではないが、保育器の前や、コットの前に立つとき、一瞬で表情を柔らかくする母親や父親がいる。きっと彼らは、自分の表情の変化にも気づかずに、目の前の最愛の存在を、ただ見つめている。

わたしもかつて、そんな表情をしていたのかもしれない。

黒川さんは、お孫さんと何を話すのだろう。わたしは祥真と数えきれないほど話をしてきた。怒ったことも、泣いたこともあったし、抱きしめてほめちぎったこともあった。そして今また話すとするならば、どんな言葉を交わせるのか。

憤っていた麻美さん。考えなければ存在しない、と言ったかつての夫。わたしは。わたしは何を感じて、何を選ぶのか。何を選びたいのか。

まだいくらでも、理由のわからない涙は流れてきそうだったが、泣くのをやめようと決めれば、それも簡単なことだった。

文集をベッドに置き、そのまま二階にのぼる。

ドアの前に立ち、耳をすませると、向こう側から聞こえてきたのは、やはりキーボードを打つかすかな音だけだった。

コンコン
二回、ドアを叩いた。返事はない。動くような気配もない。

「祥真」

わたしは名前を呼んだ。名前を声に出すのは、ものすごく久しぶりだった。夫と話し合いを重ね、最終的には、わたしが付けた名前。

もし祥真が出てきたとして、何を話すのかまったく決めていない。自由だ。わたしの苦手な自由。それでも、顔が見たかった。二十年前にわたしが産んだ息子の顔を、今、とても見たいと思っていた。

# 願う場所

染色体異常、羊水過多、先天性心疾患、合併症、無呼吸発作。

桑田《くわた》先生の口から放たれた言葉がいくつも、わたしの頭の中を巡る。二週間ほど前、お腹の中の赤ちゃんの異常を伝えられたときから、インターネットで検索することを繰り返していたので、いずれの単語も目にはしていたが、実際に、誰かの口から音となって聞かされると、より恐ろしく絶望的なものに感じられる。

焦げ茶色のテーブルの上には、何枚もの紙が置かれている。さっきまで、これらの紙一枚一枚が意味するものについて、桑田先生が詳しく説明をしてくれた。

わたしは、最初に受け取った紙に視線をとめる。知らない国の言葉のようにも、絵のようにも見えるそれらは、今お腹の中にいるこの子の染色体をあらわしているのだという。二本ずつの短い線のようなものが、まっすぐやくの字形に並ぶ中、18という数字が割り振られた箇所のみ、三本の短い線が並んでいる。

18トリソミー。

それもあらかじめ、何度となくネット上で目にしていた言葉だった。だから紙を受け取って、三本線に気づいた瞬間、あ、と声をあげた。桑田先生は、そうなんです、と小さく言った。それから説明を始めたのだ。隣にいる夫は、わたしが声をあげたとき、え？と疑問の声を口にしていた。この二週間、わたしなりに得ていた情報は、何も伝えていなかったから、おそらく彼は知らなかったはずだ。自分で熱心に調べるようなタイプでもない。桑田先生の説明中は、ずっと黙っていた。わたしもまた黙っていた。

「治療方針など、すぐに決めることは難しいと思いますので、ご夫婦でいろいろ話し合っていただければと」

もう一人の医者の言葉に、わたしはゆっくりと顔を上げる。

桑田先生よりもずっと若い、なんならわたしよりも若そうに見える彼は、竹下という名前で、新生児科の医者なのだという。背が高く、整った顔立ちだ。俳優に似ている気がするが、それが誰なのか思い出せない。年齢の割に、落ち着いた話し方をしている。

医者と看護師たちが座るソファの後ろには、竹下先生よりもさらに若そうな、白衣を着た二人の男性が立っている。大学病院だから、この学校の医学部生なのだろうか。本日同席させていただいてもよろしいでしょうか、と桑田先生に確認され、了承すると、よろしくお願いします、と挨拶されただけで、それぞれの名前はわからない。胸元にプラスチックの名札をつけているが、ここからは読み取れない。どちらも画数の多そうな苗字だ。

視力が下がっているのかもしれない。ずっと裸眼なのが、数少ない長所だったけれど、前回の運転免許更新時の視力検査では、自信のない箇所があった。どちらかだろうと思い、あてずっぽうに答えたら正解で、クリアできたが、次回は危うい。ああ、次回の免許更新はいつになるだろう。まだしばらく先の気もするが、その前回が二年前だったか三年前だったか四年前だったかわからない。年齢を重ねると、そういうことが増える。

お腹の中で、赤ちゃんが動いたのがわかる。二回。

ああ、そうだ。今は赤ちゃんの治療方針の話だ。ついぼんやりとして、別のことばかり考えてしまう。向けられる言葉が、バリアー越しにしか聞こえない。実感がない、というのは、こういうときのための表現なのだろう。

二回動くのは、肯定なのか、否定なのか。そもそも何に対して？

胎動を感じるようになったのは、先週くらいからだ。その前から、もしかして胎動かもしれない、と思うことはあったが、そうではなく、胃腸の動きのような気もしていた。けれど横になっているときに、はっきりと子宮あたりからの動きをおぼえ、意識してみると、きっとこれがそうなのだろうと思えるものが日に何度かある。けして強くはないが、胎動を感じることができるのは嬉しい。

染色体について細かく書かれた紙には、この子が女児であることを示す、ＸＸの記述もあった。以前見た夢で、男の子の赤ちゃんが登場していたので、男の子のような気もしていたが、外れていた。それを言うなら、夢の中では、赤ちゃんは元気に動き回っていたので、根本から当たっていないのだが。

元気に動き回る未来は、本当に来ないのだろうか。今、こうして動いている赤ちゃんは、普通の赤ちゃんと、そんなにも違いがあるのだろうか。

「あの、もう、中絶っていうのは難しいんでしょうか」

ずっと黙っていた夫が言い、わたしは、咄嗟に反応できない。わたしが何か言うよりも先に、桑田先生が答えていた。

「現在二十五週に入っていて、可能な二十一週を超えていますので、それはできないんです」

「そうですか」

重々しく答える夫の横顔に、わたしは、今さっき、赤ちゃんが動いたことを伝えたくなった。あなたは、この子が動かなくなることを望んでいるの？

「お母さんは、何かご質問ありますか？」

桑田先生が言い、わたしは、いえ、と答えた。声が少しかすれた。

「わかりました。こちらの紙も、帰ってからゆっくりと読んでいただき、何かあったら、いつでもご連絡ください」

「ありがとうございます」

わたしは答える。竹下先生の隣にいた看護師さんが立ち上がり、テーブルの上の紙をまとめ、あらかじめ用意してくれていたのか、病院の名前と電話番号が入ったクリアファイルに入れるのを、黙って見つめる。

夫も立ち上がり、わたしも後につづく。

先生たちと看護師さんたちに頭を下げ、退室し、病院の駐車場に向かうあいだ、わたしも夫も黙っていた。頭の中には、さっき夫が発した言葉が響いていた。

車が発進してからも、まだ何も言えなかった。

病院を後にしてから、いくつめかの信号が、ちょうど赤になる。停止した車の中で、運転席の夫がため息をついた。そして言った。

「まいったな」

わたしは自分が右手をお腹に当てていることに気づいた。ほぼ無意識だった。妊娠してから、いつのまにか身についていた動作だった。今はもうお腹のふくらみもしっかりとわかる。

「わたしは、育てるから」

「え？」

不思議そうに訊き返され、同じことを繰り返す。

「どういう意味？　おれは育てないってこと？」

「さっき、先生に」

中絶という言葉は使いたくなかったので、そこまで言って、黙った。それで察したのか、夫は慌てた様子を見せる。

「そういうことじゃないよ」

「青」

信号が変わったことに気づいていなそうな夫に、そう言う。わたしはものすごく頭にきているのだと、ようやく気づく。前に向き直り、車を発進させながら、夫が言う。

「中絶したいってことじゃなくて、あくまで選択肢としてあるのかどうかを確認しただけ。確認するのもダメなの？　おれが中絶しろって言ったことなんてあった？　現段階で、どういう選択肢があるのかを知らないと、決めていくこともできないじゃん」

「それって、選択肢があれば、選択するってことじゃないの？」

「違うよ、なんでそんなに安直に結びつけるの」

「選ばないってわかってるものをわざわざ確認するなんて無意味じゃない。そんなことするなら、もっと他に考えることあるじゃない。この子のためにできることは何かなって」

「聞く権利すらないの？　だいたい」

また赤信号。夫が続ける言葉を、わたしはなんとなく想像できた。

「検査しておいてもいいんじゃないって、おれ、言ったよね？　必要ないって言ったの、佳那《かな》のほうでしょう」

思ったとおりだった。夫は、赤ちゃんの心疾患がエコーで指摘されてしまう前から、病気とかそういうの、あらかじめわかるんだったら、調べておいたら？　と、羊水検査を勧めてきていた。いらないよ、お金もかかるし、と断ったあのときのわたしは、赤ちゃんの異常なんて、これっぽっちも想像していなかった。結局こうして羊水検査を受けることになる未来も。

「言ったよ。でも、もっと前に染色体異常がわかってたら、どうしたって言うの？　やっぱりそっちの選択をしろってことじゃない」

「違う。もういい。おれが中絶したがってるひどい夫で、父親失格ってことにすればいいよ」

「何、それ」

お互いに、どんどん怒りが膨らんでいっているのがわかる。言ってはいけないことを、容赦なくぶつけてしまう。ここで言い争っていても仕方ない。わかっているのに。

「おれには何かを聞いたり確認したりする権利もないの？」

わたしは答えられない。もちろんそういうことではないのだが、また不毛な繰り返しになってしまいそうだ。まだ何か言いたそうな様子を抱えつつ、夫も黙った。

結婚して四年が経つ。お互い三十五歳となり、このまま子どもができないようであれば、不妊治療も考えなければと思っていた矢先の妊娠判明だった。嬉しかった。本当に嬉しかった。

夫も喜んでいた。検査薬を使用して、妊娠がわかったとき。六週では確認できなかった赤ちゃんの心拍が、七週でしっかり確認できたとき。よかったー、と安心して笑っていた様子を、今でも思い出せる。健診の際にもらったエコー写真を、これじゃあ全然わかんない、と文句を言いながらも、しばらくじっと真剣に見ていた様子だって。

窓の外に目をやる。国道沿いに建っている、赤ちゃん用品の店がある。広い駐車場は、おおむね埋まっている。隣のドラッグストアに行っている客も多いのかもしれないが、幸せそうな夫婦や親子連れが店内を歩く様子を想像してしまう。

わたしは、何が違ったのだろう。幸せな妊婦でいることが、なぜ許されなかったのだろう。

18トリソミーの赤ちゃんは、出産にたどりつく前に、お腹の中で亡くなってしまうことも多いです。なんとか産まれても、半数ほどは一ヵ月以内に、九割ほどの子が一年以内に亡くなってしまうというデータがあります。

健診時、いつもにこやかで、穏やかに伝えてくれていた桑田先生の、あんなに苦しそうな顔を、初めて見た。ちょっと様子がおかしいね、とエコーを見る手を止めたときも、今日ほど苦しげな様子ではなかった。白髪で柔和な桑田先生。ベテランの産科医であるはずの彼にとっては、染色体異常の子は、おそらく何人と見てきた存在だろう。苦しそうなのは、どうにもならないのを、きっと知っているからだ。

夫が左折のためのウィンカーを出す。カッチ、カッチ、カッチ、カッチ。静かな車内に響き渡るウィンカーの音が、何かの宣告のようにも感じられる。

四人の大部屋には、現在、わたしを含めて三人が入院している。全員、切迫早産だ。わたしは廊下側なので、外の景色を見ることはできない。三階の窓から見える景色は、近くの建物や駐車場くらいで、そんなに美しいものではないとわかっているが、それでもせめて窓側がよかったなと思ってしまう。

テレビをつけようか迷って、スマートフォンを手に取ると、ちょうどメッセージが届いた。夫からだ。おそらく、これから向かうという連絡。

《もう少ししたら出ます。本の他にいるものある？》

やっぱり。いらないよ、気をつけてきてね、と返信し、ありがとうという文字の入ったクマのスタンプを送る。夫からはすぐに、了解という文字の入ったカエルのスタンプが返ってくる。今日は土曜日なので、夫は仕事が休みだ。

入院してから、唯一よかったと感じるのは、夫と顔を合わせる時間が減ったことだ。

羊水検査の結果を聞いたのは、今から一ヵ月ほど前になる。もう一ヵ月も経つのか、とも、まだ一ヵ月しか経たないのか、とも思う。あのとき夫が桑田先生に質問したことは、今もわたしの中に残っている。

あのやりとりのあと、わたしたちは、内面はともかく、表面上は穏やかに過ごしていた。少なくとも、言い争いをするというようなことはなかった。そもそも会話が少なくなっていたし、18トリソミーについては、まったく触れなかった。赤ちゃんの名前を何にしようかとか、お互い遠方にいる親への報告はどうしようかとか、必要なことだけを話した。

生きているこの子に会えるかはわからない。

どうしても、似たようなことばかりを考えてしまう。それがつらかった。

いつも面倒に感じている、仕事が支えになるとは思わなかった。早めに産休をとることになってしまったが、身体が大丈夫なら、出産前日まで働いていたかったくらいだ。仕事をしているときは、あまり考えないで済むから。

同じ病室の二人とはそれぞれ、入院時に挨拶をしたくらいだが、カーテン越しに、先生や看護師さんや面会に来た人たちとの会話を漏れ聞くと、切迫早産ではあるものの、お腹の赤ちゃんは問題なく育っているようだ。子が染色体異常を持っているのは、おそらくわたしだけ。

世界にたった一人とは、もちろん思っていないし、そうではないと知っている。スマートフォンを操作すれば、画面の向こうには、同じ境遇の人たちがたくさんいる。それでもここにいると、孤独を感じずにはいられない。

お母さんのせいではないです、と桑田先生は今までに何度も言った。看護師さんにもそう言われた。きっとそうなのだろうと思うと同時に、本当にそうだろうか、という疑問が拭えない。

妊娠していることがわかってからも、今まで通り残業したりもしていたし、食生活もいいかげんだった。コンビニやスーパーで買った出来合いの総菜やインスタント食品も多く口にした。四六時中赤ちゃんのことを思いやって生活できていたとは、とてもいえない。わたしがもっと慎重に暮らしていたなら、切迫早産だけでなく、病気にもならずに、お腹の中の子は元気で、ほとんど心配もせずに過ごせていたのかもしれない。

お腹が苦しい。羊水過多はずっと続いていて、今までに二回、羊水を抜いてもらったが、それでも他の人よりお腹のふくらみは大きいように感じる。

赤ちゃんがしばらく動いていない様子だと、苦しいのではないか、もう呼吸が止まってしまったのではないか、と不安になる。手元のオレンジのナースコールを押して、確認してもらいたくなるが、キリがないので、ぐっとこらえている。診察が毎日十回くらいあればいいのに。

赤ちゃんが早くに生まれてしまうおそれのある切迫早産となった妊婦は、とにかく安静にすることが命じられる。わたしはそれを守るしかなく、トイレに立つ以外は、ひたすら横になっている。腕からは随時、お腹の張りを抑えるための点滴が注入されている。

妊娠二十八週目から入院することになり、今ようやく、二十九週目に入ったところだ。二十九週の胎児は、まだ肺も未発達だし、呼吸も練習中だ。わたしの赤ちゃんの場合、さらに未発達な部分が多いだろう。まだお腹の中にいてもらわなければ困る。

読書の習慣なんてなかったのに、入院してからは、本ばかり読んでいる。主に少女漫画家やお笑い芸人のエッセイ集。妊娠や出産が話に出てこなくて、笑いながら読み進められるものを探した結果、そうなった。漫画だとあっというまに読んでしまうし、小説だと重く感じて疲れてしまうことが多い。ただ、そろそろエッセイ集のストックも尽きる頃だ。夫には今日、インターネットで注文して家に届いている五冊ほどのエッセイを持ってきてもらう予定でいるが、それらを読み終えたら、今度はどうしようか。

入院中、目を使いすぎないように注意されているので、読書もあまり推奨はされていないようだ。けれどスマートフォンよりはまだマシだろうとも勝手に思う。何もなければ、ひたすら落ち込んでいくばかりだ。穴に落ちてしまう。

退屈を避けているのではなく、暗いことばかり考えてしまうのが恐怖なのだ。実際、消灯後に泣くことも少なくない。

赤ちゃんと関係のないことで、頭を満たしていたい。どうしてこの子が、という思いは、最終的には、どうしてわたしが、という利己的な思いに結びついてしまう。自分の行動を反省し、悔やむ一方で、見えない何かを恨んでしまう気持ちがあるのを、否定できずにいる。

足音が近づいてくる。夫かもしれない、と思う。

「来たよー、大丈夫？」

予想通り、カーテンの向こう側から夫が訊ねてくる。前は到着するなり無言でカーテンを開けていたが、たまたま着替えの最中で、互いに気まずい思いをしたことがあった。家だと平気であっても、病院だとそうではなくなる。

「どうぞ」

わたしが答えた直後に、シャッ、と音がしてクリーム色のカーテンが開き、入ってきた夫によって、また、シャッ、と閉ざされる。

「これ、届いてた本ね」

「ありがとう。あと、これは持っていって」

読み終えた本を、テレビ台の上、テレビの横にまとめていた。

移動図書館みたいだな、と夫が笑い、わたしが、いつもありがとう、と言った。夫は、壁にもたせかけてあったパイプ椅子を広げて座る。平日の夜、仕事が早く終わったときにも、たまに姿を見せてくれているが、そのときとは違い、今日はカジュアルな格好だ。薄手の紺のトレーナーにジーンズ。

「調子はどう？」

「変わらず」

「そうか」

「家のほうは大丈夫？」

「変わらず」

「そうか」

夫もわたしも、あえて相手の言い方を真似《まね》てみる。

変わらず、と言うものの、家の中はさぞかし汚れているのではないかと心配ではある。夫は家事があまりできない上に、仕事から帰るのが遅くなる日もままある。脱いだ服が散らばっている光景が頭に浮かぶ。自炊も一切していないだろう。

「あ、そうだ、コンビニ行く？」

「うん、お願いできる？　おやつ欲しい。ちょっと待って、メモしておいたやつ、今送るね」

「今度は移動菓子店だな」

「助かります」

わたしはスマートフォンを操作しながらそう言う。この病院の一階にはコンビニとカフェがあるのだが、当然、安静にすべきわたしが足を運ぶことはできない。今のところ食事制限などはないので、クッキーやチョコレートや菓子パンなど、おやつになりそうなものを、時々こうして夫に買ってきてもらい、小さな冷蔵庫の中に入れている。

「かなりあるじゃん」

スマートフォンに送られた、わたしからの買い出しメモを確認し、夫は少し笑う。

「じゃあ、行ってくるわ」

「ごめんね、ありがとう」

わたしは言う。

立ち上がった夫は、少し晴れやかな顔になる。病室でクリーム色のカーテンの中に二人でいるよりも、コンビニに行くほうが気楽なのだろうと思う。


手術室に入るのは、生まれてはじめてのことだ。

自分が細かく震えているのがわかる。こぶしの形にした手を、横にいるマスク姿の看護師さんが、包んだりさすったりしてくれている。

お腹の中の子が18トリソミーとわかってから、覚悟を決めてきたつもりだった。別れはいつやって来るかわからない。今日かもしれないし、明日かもしれない。そう言い聞かせてきたが、今、生きていてほしくてたまらない。どうか、どうか、と声に出さずにずっと願いを繰り返している。

「麻酔が効いているかの確認しますね。ここ、冷たいですか?」

「はい」

眼鏡をかけた、他の人たちと同じようにマスク姿の麻酔科医に、小さな氷のうのようなものを、脇腹に当てられる。ひんやりとしている。

「ここはどうですか?」

今度は少し下がった場所。冷たさを感じない。

「冷たくないです」

「じゃあ、こっちはどうですか？」

今度は反対側。やはり冷たさは感じない。他にも二ヵ所ほど同じ動作が繰り返されたが、さっき入れたばかりの麻酔はもう効いているようで、下半身の感覚はすっかり失われていた。

「はい、大丈夫ですね、ありがとうございます」

いよいよだ、と思う。すっかりピークを迎えたと感じていた鼓動が、また強くなる。

「もうすぐ会えますからね」

鼓動に比例する緊張を感じたのか、看護師さんが声をかけてくれる。それが看護師さんからの言葉ではなく、もっと巨大な、いわゆる神様のような存在からの言葉なのだと信じてすがりたい気持ちになった。会いたい。ずっとわたしのお腹の中にいた子に、お互い生きて、会いたい。声をかけたい。

「それではただいまより、間宮佳那さんの選択的帝王切開術を始めます。予定時間は一時間です。よろしくお願いします」

桑田先生の声。腰の上あたりから、カーテンのようなものによって仕切られているため、姿を確認することはできない。麻酔の前に、今日は頑張りましょうね、と声をかけてくれた。いつものにこやかな姿が、少しだけわたしを安心させた。

よろしくお願いします、と他の人たちが言い終えると同時くらいで、桑田先生が、メスくださ い、と言った。医療ドラマみたい、とわたしは思う。でもこれはドラマじゃなくて現実だ。

選択的帝王切開術。今さっき桑田先生はそう言った。本当に選択だとしたらこれは、赤ちゃんによるものだ、と思う。わたしに選択の余地はなかった。

オキシトシンチャレンジテストを受けたのは先週だ。初耳のその名称は、要は、赤ちゃんが陣痛に耐えられるかどうか、という内容のものだった。点滴によって、陣痛に近い子宮収縮を起こし、赤ちゃんの心拍数の変化を見る。

産み方にこだわりはなかった。普通分娩でも帝王切開でも、とにかく赤ちゃんもわたしも無事であれば。

なので、こうして帝王切開になったこと自体は構わなかった。ただ、心拍数が落ちてしまうので、陣痛には耐えられないだろうから、やはり帝王切開にしましょう、という流れには不安になった。陣痛に耐えうる強さを持たない子は、帝王切開であっても、果たして無事に生まれてきてくれるのだろうか。帝王切開の日まで、心拍はしっかり続いてくれるのだろうか。

こうして今日を迎えられたので、少なくとも、帝王切開の日まで、という心配は解消されたことになる。けれど本当の願いはここじゃない。

切迫早産で入院してから、赤ちゃんに向かって話しかけることが増えた。正確には、妊娠がわかった直後も話しかけていたから、一旦やめたのを、また再開した。

やめたのは、18トリソミーであると判明した直後だ。夫とも必要最低限のやりとりしかしなかったあの時期、赤ちゃんに話しかけることも、むなしく感じられてしまった。どんなに話しかけても、会えない可能性が大きい以上、存在を意識しないほうがダメージを抑えられる気がしたのだ。

どうして、どうして、なんて、答えのない問いばかりを繰り返しつづけていた。あの時期に戻れるのなら戻りたい。そしてもっと話しかけるのだ。わたしが見ているものを、細かく伝えたい。この世界がどんな場所であるのか、どんな色や匂いをしているのか。

わたしはまるでいい母親ではなかった。生活の中でだらしない部分はたくさんあったし、18トリソミーであるとわかってからしばらくは、存在を遠ざけようとして逃げていた。この子はここにずっといたのに。最低だ。

病室のベッドの上で過ごしはじめて、しばらくしてからやっと、少しずつ向き合えるようになってきた気がする。今日のお昼ごはんは豆腐のお味噌汁だよ、とか、あとちょっとでパパが来るよ、とか、内容は他愛のないことばかりだったが、話しかけるのを続けるうちに、それが楽しくなっていった。

いっそずっとお腹の中にいたらいいのに、とまで思えていた。そのままの状態で赤ちゃんが生きていけるのなら、わざわざ外に出なくてもいいのかもしれない、とも。もちろん不可能だとわかっていた。この子は平均的な赤ちゃんにくらべて、ずっと小さいし、軽い。だからといって、お腹の中に長くいられるというわけじゃない。

三十七週での出産は、一応正産期に入っているとはいえ、目安の四十週から見ると、少し早めだ。可能であれば、できるかぎりお腹の中で長く育てたほうがいい。しかしその前に陣痛が来てしまっては困る。ぎりぎりのラインを狙って、決められた日だった。

落ち着こうとつとめているのに、呼吸が荒くなってしまう。

どうか、どうか。

もう何度目かわからない願いを心の中で唱える。

「はい、赤ちゃん出しますよ」

桑田先生が言い、その直後、お腹のあたりに何かの感触があった。手を入れたのだろうか、と思ったのと同時に、音が聴こえた。

ふぇえぇーーん
泣き声だ。生きている、と思った。生きている。赤ちゃんは生きている。生きて、泣いている。

「産まれましたよ」

看護師さんが言う。わたしはこぶしをほどく。さっきまでとは異なる理由で手が震える。生きている。生きていてくれた。生きている。赤ちゃん。ずっとわたしの中にいた、赤ちゃん。

「少し綺麗《きれい》にしますねー」

わたしの横にいる人とは別の看護師さんがそう言い、わたしは大きく息をつく。少しすると、看護師さんによって赤ちゃんが抱かれ、わたしの顔の近くまでやってきた。

目も口も開いている。黒目がちの目とは視線は合わない。思い出したように泣き声をあげる。肌は赤く、全身が少し濡《ぬ》れている。わずかな髪の毛や、背中や腕など、いたるところに生えている体毛が、ぺったりと張りついたようになっている。

なんて小さいのだろう。そして、なんて可愛いのだろう。

たくさん言いたいことがある気がした。だけど言葉にならず、わたしの目からはどんどん涙が溢れた。ありがとう、と絞り出すようになんとか言い、驚くほど小さな手に触れる。華奢《きゃしゃ》な指が重なるようになっている。手の甲はあたたかかった。

「ありがとう」

二回目のありがとうを言うと、また一気に涙が溢れた。二回じゃ足りない。全然足りない。

「竹下先生のところ行きますねー」

看護師さんがにこやかに言い、わたしは、お願いします、と返したが、泣いているせいで、はっきりとした言葉にならない。それでも伝わったようで、看護師さんは赤ちゃんを抱いたまま、ゆっくりと一度頷いた。

「可愛いですね」

今度は、わたしの横にいてくれた看護師さんが言い、わたしは、はい、と答える。一瞬だったけれど、あんなに可愛い生き物を見たのは初めてだった。可愛さを通り越して、神々しさや尊さを感じるほど。

「ちょっとお腹の処置しますからねー」

桑田先生の声によって、自分が手術台の上にいることを思う。天井を見つめる。相変わらず、何かされているんだな、というぼんやりとした感触だけがある。

赤ちゃん移動しますねー、という看護師さんの声がして、手術室の前で待っているはずの、夫のことを思う。今日は朝から仕事を休んでいる。赤ちゃんを見られるだろうか。

そうだ、名前を決めなくては。二文字が呼びやすいんじゃない、と夫と話していた。佳那も二文字だし、と。候補はいくつかあって、どれも花という文字が入っている。可愛らしいからという理由だ。一体どの名前が、あの子にふさわしいだろう。

名前のことを考えているうちに、涙は止まり、おつかれさまでした、と桑田先生の声が聞こえた。近づいてきてくれた先生に、わたしは言う。

「ありがとうございます」

「赤ちゃん、頑張りましたね」

先生の言葉に、止まったはずの涙が、また溢れそうになり、ぐっとこらえた。ありがとうございます、と繰り返した。

入ってきたときと逆の流れで、二人がかりで、手術台から担架に乗せられる。手術室を出てすぐに、壁にもたれて立っている夫が目に入った。わたしに気づいて、近づいてくる。担架を動かしていた看護師さんたちも、手を止めてくれる。

「見た？」

わたしは訊ね、赤ちゃんのことだとすぐに察した夫が、首を縦に二回振る。夫の顔に泣いたような跡があることにわたしは気づく。

「可愛かった」

夫は言う。泣きそうなのを我慢している様子で。義父が亡くなったときもほとんど泣いていなかった、夫のその表情により、わたしもまた泣きそうになる。

「ずっと頑張ってくれてたんだな」

夫は言う。わたしはただ頷いた。何か言葉を発したら、涙が出てきそうだった。

「俺、本当にダメだった、あのとき」

あのとき、がいつを指しているのか、すぐにわかった。赤ちゃんが18トリソミーであると説明を受けた日。それ以降、わたしたちの間で触れずにいた日。

「怖がってた。ごめん。あんなに小さくて可愛くて、しっかり生きてるのに。ごめんなさい」

繰り返されたごめんなさい、は、わたしではなく、赤ちゃんに向けて言っているのかもしれなかった。夫の目からは涙が流れていた。わたしの目からも同様に。

「ありがとう。ありがとう」

わたしは繰り返した。二回目のありがとうは、夫ではなく、赤ちゃんに向けて。

「病室戻って、落ち着いてから、またゆっくりお話できますからね。ちょっと移動しますよ」

担架を押してくれていたうちの一人の看護師さんが言い、わたしは、はい、すみません、と答えた。夫は、ありがとうございました、と頭を下げた。看護師さんたちも軽く頭を下げる。わたしは横たわったまま、夫の涙を見ていた。


離れた場所で鳴った新たなアラーム音により、保育器の中で寝ている赤ちゃんの手足がぴくっと動き、バンザイのような姿勢になる。夫とわたしは、同時に、あ、と声をあげる。それでもどうやら睡眠は保たれているようだ。わたしたちは小さく笑う。

「これ、前もあったな。可愛いよね」

「モロー反射って言うんだって。近くにあるものにつかまろうとしてるらしいよ」

インターネットで知ったことだった。入院中は暇で、ついスマートフォンばかりいじっては、育児に関する検索ばかりしてしまう。けれど暇なのも、赤ちゃんがこうしてNICUに入っているからで、本当ならばもっと忙しいはずだ。そう考えると寂しさがよぎる。

「そうなんだ。撮っておこう」

夫はデジカメを保育器の中の赤ちゃんに向ける。しばらく使っていなかったデジカメだけれど、この数日はものすごい勢いで、赤ちゃんの写真を撮りつづけている。NICUにはスマートフォンの持ち込みは禁じられていて、デジカメであれば撮影できるのだ。

NICUにいる子は、標準よりも小さい子が多い。その中でも、千七百グラムほどのわたしたちの赤ちゃんは、ひときわ小さく感じられる。小さくてオムツもぶかぶかな身体に、頭や胸や足といった箇所にセンサーや管をつけられている姿は、やはり痛々しさがある。ものすごく可愛いが、手放しにそうは言っていられない。

その点は夫のほうが、意外と気にしていないようだった。今日も到着するなり、おはよう―、また可愛くなったな、などと話しかけていたので少し笑ってしまった。

他の誰かと比べても仕方ない。言い聞かせつつ、無意識のうちに比べ、落ち込んでしまう自分がいる。

「あ、そうだ、母さんは落ち着いてからにするって。面会もできないんだったら今来ることもないから、って」

「そっか」

お義母《かあ》さんには、赤ちゃんが生まれた直後にも連絡していたはずだが、細かいことは今日また電話で話すよ、と昨日病院から帰る際に聞いていた。おそらくわたしがお義母さんの立場であれば、当然胸に浮かぶであろう、赤ちゃんの状態や入院に関する疑問や心配も、相当向けられたのだろうが、具体的な内容を口にする気配は夫にはなかった。帝王切開の日に有休をとったこともあり、職場にも伝えているはずだが、そちらについても同様だ。報告がマメではない夫の性質を、欠点としてとらえていたけれど、今はありがたいくらいだった。わたしからも聞かずにおく。

実家の両親にはわたしから伝えていた。案の定、質問だらけだったが、落ち着いたらまた連絡するから、の一点張りで通している。

職場にはまだ連絡していない。本当ならば生まれた直後にでも報告しなくてはいけないのだが、気が進まない。切迫早産のための入院で、予定していた産休よりも早く休みに入ることについて、傷病扱いになる手続きをしてくれたり、何人もが心配や励ましの言葉をくれたりと、温かい環境ではあるが、だからこそ、今の状態をそのまま伝えるのが心苦しくもある。

赤ちゃんの退院がいつになるのかは、まったく読めない。そもそも退院できるのかも。

既にたくさんの検査を行っているが、まだ他にも調べなくてはいけないことが多いらしい。今の時点での検査結果は、明後日《あさって》の月曜に、竹下先生から夫婦そろって聞くことになっている。夫は午後休を取る予定だ。話を聞いたあとで、わたしはそのまま退院となる。わたし一人だけ、先に。

胸が痛む。母乳はあまり出ず、それでも栄養にしてもらいたくて、頑張って搾っていたのだが、どうやら脂肪が分解しにくいようなので、脂肪分の少ないミルクを使います、と言われて以降、張りの痛みが我慢できないくらいになるまでは搾乳しないようにしている。産婦人科の看護師さんに教えてもらったやり方だ。

母乳が不要だとわかった直後は、ひどく落ち込んでしまい、わたしは何もできないのかな、と夫に泣きついたときに、俺なんて最初から母乳出せないよ、と答えられた。あまりにもあっさりした言葉に、かえって救われた気がした。

「おはようございます。あら、バンザイで寝てるんですね」

通りかかった看護師さんが、そう声をかけてくれ、嬉しそうに、ふふふ、と笑う。佐藤さんだった。

ＮＩＣＵにはたいてい五人くらいの看護師さんがいて、当然都度入れ替わっているのだけれど、その中で、わたしが一番信頼しているのは佐藤さんだ。まだ数日だし、全員に会ったわけではないかもしれないが、初めて会ったときから信頼できる感じがした。

おそらく四十代後半くらい、わたしとは十歳ちょっとの差だと思うのだが、お母さん、として頼りたくなるような感じ。体型は華奢だし、身長も高くないが、ちょっとやそっとのことでは動揺しなそうな、穏やかな雰囲気をまとっている。

センサーを張りかえたり、オムツを取り替えたり、そうした動作一つ一つが、速いけれど丁寧に見える。慣れなのかもしれない。今までは産婦人科にいて、しばらく休んでいて、最近ＮＩＣＵに入ってきたんです、と本人は話していたが、意外だった。むしろ十年以上いると言われても驚かない。赤ちゃんに対して、過剰に子どもじみた言葉を使わない、というのも信頼できる大きな理由かもしれない。わたしたちの子どもにも、間宮さん、と話しかけている。

そうだ、名前。

佐藤さんは、今日も可愛いですね、と保育器に向かって小声で言い、わたしたちに軽く頭を下げた。わたしたちも同じようにわずかに下げる。

佐藤さんが別の子のところに行くのを確認してから、切り出した。

「そろそろ名前決めなきゃいけないよね」

「ああ、それなんだけど」

立っていた夫は、わたしが座っている隣のパイプ椅子に腰かけた。

「ココ、ってどう?」

「ココ?」

今までの候補とは異なる、聞き覚えのない名前を出され、わたしは思わず繰り返した。

「心って書いて、ここ」

「こころ」

「そう。心」

「そのまま、こころ、じゃなくて?」

「ここ。二文字がいいかなって話してたじゃん」

「そうだけど」

二文字がいいというのもそうだが、花という字を入れるというのは、ほぼ決定事項かと思っていた。

新たなアラーム音が鳴る。わたしは保育器の中の赤ちゃんを確認したが、今度は動く様子はない。バンザイしていた両腕も、もうおろされている。

生まれたときからそうであるように、相変わらず指が重なっている。ただ、重なり方はその時々で異なり、今は小指が薬指の上にあり、さらにその下に中指があるような形だ。ずいぶんと器用だなあなんて思っていたが、オーバーラッピングフィンガーという名称で、これも18トリソミーの子には多く見られる現象らしい。そう教わってから、重なっている指が、少しつらいものに感じられてしまった。可愛さに変わりはないはずなのに。

「手術室から出てきて、運ばれていくのを見たときに、いろんなことを思ったんだ。自分が間違っていたとか、こんなにも頑張っているなんてすごいとか、あとは単純に可愛いとか」

夫は一旦言葉を止め、赤ちゃんを見て、少し笑った。

「そういうの全部、心なんだよなって。俺の心を強く動かしてくれたんだな、って。きっと俺だけじゃなくて、佳那もだと思うけど、今まで考えもしなかったことを気づかせたり思わせたりしてくれる力が、この子にはあるって思った。心を動かす力が」

「心を動かす力」

「そう」

確かにあらゆるものは心だ。何かを思ったり、考えたり、時に苦しくなったり、全部、心。

「あと、ここにいるよ、って全身全霊で主張してる気がしたんだよね。こんなに小さいのに。わたしはここだよー、って」

「……それって、ダジャレじゃない？」

「そうかも」

夫は言って、笑い、また保育器の赤ちゃんに目をやった。わたしも赤ちゃんを見る。そろそろミルク注入の時間になるはずだが、まだ眠っている。いくつもの管をつけながら、小さな胸を上下させて。ここにいるよ。わたしはここだよ。確かにそう主張しているようにも見えた。

「心ちゃん、ママ来たよー。よかったねえ。おーはーよー、って」

「心、おはよう。ありがとうございます」

看護師さんがオムツを替えてくれているところだった。ちらりと中が見えるが、おしっこだけのようだ。

心は一瞬だけわたしを見たようだったが、気のせいかもしれない。アーモンド型の綺麗な目をゆっくりと動かしつづけ、センサーのついている足をわずかにばたつかせる。足がロッキングチェアのようにゆるくカーブしているのも、18トリソミーによくみられる特徴だ。

近くにあったパイプ椅子を広げ、腰かけた。帝王切開の傷はまだかゆみを伴って痛むことがある。傷跡もしっかりと残っている。

保育器の下に取りつけられている、バスケット部分から、B6のリングノートを取り出す。何でもいいですよ、とのことだったので、家に余っていたものを持ってきた。このノートに毎日、日によっては数回、看護師さんが様子を書いてくれている。ママもよかったら書いてくださいね、と言われたけれど、わたしが書いたことはまだない。

《深夜に目が覚めたとき、ちらちら周りを見て、様子をうかがっていましたね☆

ママの夢を見ていたのかな？

今日はお風呂も入ったし、いっぱい抱っこしてもらえてよかったね♪

また明日会えるのが楽しみだね。

夜中の注入もスムーズで、とってもおりこうさんな心ちゃんでした！

塩田《しおた》》

たまにその日の写真を貼ってくれていることもあるのだが、写真はなく、文章だけだ。今日と書いてあるのは、昨日のこと。昨日は様子や数値が安定していたこともあり、沐浴もさせてあげられたし、その前後で抱っこもいつもより長くできた。

深夜にわたしの夢を見ていたかは、もちろんわからないが、その瞬間に隣にいてあげられたなら、どんなにいいだろうと思う。大丈夫だよ、ママはいるよ、と言って、背中をトントンして、抱っこしてあげられたなら。

今日も抱っこできるといいな、と思いつつ、ノートを元の場所に戻す。

「心、よかったね、スッキリしたね」

オムツ替えをしてもらったばかりの、心の頭をなでる。出生時にくらべると、髪が少しだけ伸びたような気もする。

だいぶ体温調節ができるようになってきたということで、数日前に、保育器が閉鎖型から開放型のものに変更されたのは、本当に嬉しい出来事だった。今までは小窓から手を差し入れるような形だったが、格段に触れやすくなった。ここにいるときは、しょっちゅう触れている。オムツ以外は身につけていない心は、小さなタオルを布団代わりにしてかけているので、触れるのは頭や手といった、タオルから出ている部分が多い。

「おはようございます。今日は夕方までわたしが担当させていただきますね。心さん、おはよう。もう少ししたら注入ですね」

後ろから佐藤さんに話しかけられ、内心、ラッキー、と思った。他の看護師さんも親切に接してくれるし、丁寧なのだが、佐藤さんはやはり特別だ。日が経つにつれ、佐藤さんへの信頼はますます増している。心にもいつも大人のように話しかけてくれる。

心は、キョロキョロすることにも飽きたのか、仰向けになったまま天井をじっと見つめている。天井にはパステル調でうっすらと描かれている動物のイラストがあるのだが、そこまで見えているわけではなさそうだ。わたしには見えない何かが、心の目にはうつっているのかもしれない、なんて思う。

もう一ヵ月以上が経った。あっという間だった気もするが、まだ一ヵ月なのかという気もする。自分も入院していたときは病室から、退院してからは家から、一日も欠かすことなくＮＩＣＵに通っている。

ここにいてもできることは少ない。チューブからの三時間ごとのミルク注入、オムツ替え、沐浴、抱っこでの寝かしつけ。どれもわたしがいなければ看護師さんがやってくれることだし、不慣れなわたしがやるよりも速いし、心にとっても心地いいものかもしれない。沐浴は毎日ではないし、抱っこも本人の調子次第だ。呼吸がうまくいっていないときはできない。

結局のところ、わたしが会いたくて来ているのだ。

朝は出勤する夫の車に乗せてもらっている。家からここまでは車で二十五分くらいだ。家から夫の会社の道のりを考えると、少しだけ遠回りなルートにはなってしまうのだが、快く乗せてくれている。車内ではたいてい心の話をしている。赤ちゃん用品の店の前を通りかかるときに、心も早く洋服着られるくらい大きくなるといいよね、と言ったりもする。今は小さめの新生児用である五十サイズでもぶかぶかだろう。

帰りはまちまちだ。たいていは午後三時の注入が終わったくらいにここを出て、バスで帰るのだが、夫の仕事が早く終わる日は、それを待って、夫も心に会ってから帰るということもある。今日はバスで帰る予定だ。

十二時の注入が終わって、心が寝ると、一旦外に行き、コンビニかカフェで何か買って、自分の昼食を済ませる。食堂もあるが、まだ利用したことはない。心がなかなか寝つかず、昼食のタイミングを逃すこともあるが、病院にいると、なぜかあまり空腹を感じない。

通うこと自体の面倒さや疲れは、心の存在によってすぐに帳消しにされるが、いつまでこの生活が続くのだろう、と考えると、気持ちは重くなり、目の前が暗くなってしまう。

わたしがNICUに通わないようになるとするならば、その理由として、心が退院できる可能性よりも、いなくなってしまう可能性のほうが、ずっと大きい。

「心臓に二つ穴があります」

竹下先生はあの日、わたしたちにそう説明してくれた。

心室中隔欠損、心房中隔欠損という病名も一緒に伝えてくれたし、記憶したけれど、名称はどうでもよかった。ただ、その穴というものが憎くて仕方なかった。生まれる前から、心臓に異常がある可能性は聞かされていたけれど、何かの間違いであることを、どこかでは期待していたのかもしれない。

いずれ心臓から肺に送られる血液が増えて、そのせいで呼吸が苦しくなり、できなくなってしまう。そしてその時期は、おそらく遠いものではない。

先生から聞いた話を、本当なのか疑ってしまいそうなほど、心は元気に見える。もちろん鼻や口に付けられているチューブも、手足につけられているセンサーも、さらにはそれらがつながっているいくつもの機器も、健康ならば必要のないものだとわかっている。身体だってひどく小さいし、体重も軽い。それでも、消えてしまう命だなんて信じられない。手足をばたつかせる様子も、表情を動かす様子も、寝ているうちにたまに白目になっている様子でさえ、元気で生きている証拠ではないか。

「間宮さん、おはようございます。心ちゃん、おはよう」

後ろからまた声をかけられ、わたしは振り向く。けれど振り向く前から、声でわかっていた。臨床心理士の和久田さんだ。いつものように、髪を後ろで一つにまとめ、「臨床心理士　和久田千尋《ちひろ》」というネームプレートをつけている。

何もできないんですけどね、と初めて話した際に笑って言っていたが、ふとしたタイミングで、肩こりとか大丈夫ですか？　椅子、座りにくいですよね、などと気さくに話しかけてくれて、それから軽く世間話をするだけでも、少し前向きな気持ちになれる。

「おはようございます」

「今日は夜、旦那さんはいらっしゃるんですか？」

「いいえ、来られないみたいで。昨日も会えてないから、明日こそって頑張ってました」

「そうですね、会いたいですよね。心ちゃん、こんなに可愛いもんねえ。パパ頑張るってー」

和久田さんが心に話しかけた瞬間、心がこちらを見て、表情を動かした。それが、にやり、という感じの笑みで、わたしたちまで笑ってしまう。

「すごい、心ちゃん、今、完全にわかってたね」

この時期の笑みは、単に筋肉の反射であって、感情には関係がない。それは知っているし、和久田さんだってもっと詳しいだろうけれど、そう言った。ねー、とわたしも同意した。完璧なタイミングだったから。

「18の場合、表情筋が弱くて笑うのが苦手な子も多いんですよね。心ちゃんはよく笑いますすね」

一昨日、竹下先生に言われたことだ。何気ない言葉だったけれど、嬉しさのあまり、泣きそうになって、そんな自分に驚いた。たとえ表情筋という、直接の生命維持に関係のない部分であっても、弱くない箇所があるのが嬉しかったのだ。

わたしは心の頭をなでた。ほわほわの感触。いつまでもこうしていたい。いつまでも。

ラジオもつけていない、無音の車内で、わたしは何かを話したほうがいいのか、このまま黙っていたほうがいいのか、迷っている。けれど話すことも見つからない。

赤ちゃん用品店の前にさしかかる。当然照明は消され、シャッターが下ろされ、いつも何台も止まっている駐車場にも一台も車はなかった。そりゃあ三時過ぎだもんね、と思う。

「さすがに人いないね」

わたしのように赤ちゃん用品店を見たからなのか、夫が言い、その声は、思ったよりも落ち着いていた。

「そうだね」

わたしは答える。普段は交通量の多い道だが、今日はここに来るまで、トラックとタクシーをそれぞれ数台見かけたくらいだ。

赤信号で車が止まる。視線をおろしたとき、いつのまにか自分が両手を組んでいたことに気づく。何かを願うみたいに。

何度となく願ってきた。かなった願いも、かなわなかった願いもそれぞれたくさんある。今はたった一つだった。

生きていてほしい。

看護師さんとの通話を終えたとき、隣で聞いていた夫は、内容を把握しているようだった。急ごう、とわたしに言った。運転大丈夫？　とわたしは訊ねた。大丈夫だよ、と夫は答えた。大丈夫だよ、と、何度でも言ってもらいたかった。

この時間は正面玄関が閉まっているので、裏口から入ることになる。車を停めて、裏口のところで守衛《しゅえい》さんに、間宮です、子どもがＮＩＣＵで、と事情を説明しようとすると、もう話は伝わっていたのか、間宮さんですね、どうぞ、とすんなり通してもらえた。

普段とは違い、照明が少なく、エレベーター前も廊下も暗かった。すっかり通い慣れた通路が、違ったものに感じられた。

チャイムを押して自動ドアを開けてもらい、手の洗浄と消毒を済ませて、ＮＩＣＵの中に入ったわたしたちの目には、すぐにあるものが飛びこんできた。いつもはないパーテーション。あの中に、心がいる。無言で頭を下げてきた看護師さんに対し、同じように無言で頭を下げ返すと、ごく短い距離を早足で進んだ。

パーテーションでさえぎられていても、異変はわかっていた。アラーム音が鳴りつづけている。ＮＩＣＵではいつも何らかのアラーム音がいくつも鳴っているが、今まで耳にしていたものとは違っていた。

　パーテーション内には、佐藤さんと竹下先生がいて、心の顔にマスクを取りつけている。実物を目にするのは初めてだったが、バッグバルブマスクだとわかった。人工呼吸を行うためのものだ。心がこれをやるのは初めてではない。ここ数日、何度か、無呼吸が起きてしまっていて、マスクをやりました、と報告も受けていた。

　話で聞いていたときももちろん不安だったが、実際に目にすると、とてもじゃないが落ち着いていられなかった。心、と声が出た。そして涙が。自分を抱きしめるように両腕を組み、足には力を入れた。竹下先生が人工呼吸をしている。アラーム音は止まらずに、いつもとはまったく違う数値を表示しつづけている。

　心、生きて。お願い、呼吸して。

「心、心」

「心、パパとママ来たよ。心」

　頭の近くに移動して、夫と揃って、呼びかける。心はかすかに視線を動かしたようにも見えたが、焦点は定まらない様子で、顔色は白かった。

「心、心」

　とにかく繰り返していると、竹下先生が、わたしを見て言った。

「抱っこしてあげてください」

「え」

「佐藤さん、足のは外していいのでお願いします。あ、あと椅子」

「はい」

佐藤さんが近くにあったパイプ椅子を二つ持ってきて、わたしたちの前に広げてくれる。そして心につけられている足のセンサーを外し、座ったわたしの腕の中に、心を運んでくれる。

「心」

わたしは自分の両腕の中にいる心に呼びかけた。頬の涙が落ちてしまわないように、両腕はそのまま、肩でぬぐった。

生まれてから二ヵ月ちょっと。やっと二千グラムになったばかりの心は、普通の赤ちゃんにくらべれば、ずっと軽い。それでもわたしにとっては重かった。数時間ぶりのこの重みが懐かしく、このまま身体に記憶されてほしいと思った。

「すみません、もう一回、マスクやります。抱っこしたままでいいですから」

竹下先生に言われ、わたしはただ、はい、と言う。また竹下先生と佐藤さんがバッグバルブマスクを施す。

両腕の中にいる心を見ていた。

ずっと、18トリソミーではなかったのなら、どんなにいいだろうと思っていた。けれどもし、その願いが叶《かな》うことで、生まれてきた赤ちゃんが心ではなくなってしまうのならば、意味がなかった。心でよかった。心がよかった。

重なっている手の指。カーブした足。何もかもが特別で、愛おしかった。心だけの形。あらゆる部分が、可愛らしい。

一連の動作を終えても、アラームは鳴りやまない。

竹下先生は眉間に皺を寄せながら、モニターをじっと見つめ、そしてわたしたちに言った。

「大変厳しいです」

「わかりました」

答えたのは夫だった。わたしは泣くのを止められずにいたが、黙って頷いた。

わたしの退院直前の話し合い。延命治療はどこまでやりますか、と訊ねられたときに、ある程度はお願いしたいですが、本人があまりに苦しくなるようでしたらストップしてほしいと僕は思っています、と夫は言った。わたしは驚いた。わたしの意見と完全に一致していたからだ。治療方針について話し合っておいてくださいと、出産前から言われていたにもかかわらず、わたしたちは、実際にそれについてきちんと話し合うことがなかった。わたしは、怖かったからだ。深く考えることも、それについて口にすることも。きっと、夫も同じだったのだろう。

「心、おいで」

夫が言った。もう一秒も離したくなかったが、夫だって抱っこしたいにきまっている。立ちあがり、夫の両腕の中に、心をそうっと入れた。

「心、パパだよ。来たよ」

話しかけた夫の目から、涙がこぼれていく。わたしは心ではなく、夫の背中に触れた。

パパは心が大好きだね。ママも心が大好きだよ。本当に大好きだよ。パパもママも、心が可愛くて仕方ないよ。

「心、またママのところ行こうか」

夫がそう語りかけている。わたしはまた両腕で心を迎える。

心、いい子だね。今日は土曜日だから、パパも仕事が休みで来やすいと思って、今日を選んだんでしょう？　それに、竹下先生も佐藤さんもいるね。いつも見てくれてた二人がいるときにしたんだね。心はおりこうさんだね。ずっとおりこうさんだったね。いろんなことをわかっていたね。

「心」

両腕に少しだけ力を加えて、さらに抱き寄せるようにした。心の形。心の重み。心の柔らかさ。

「ありがとうね」

わたしは言った。

もういいよ、と思った。

ずっと生きていてほしかった。できるだけ長く。わたしの人生よりも長く。だけど、心が苦しいのなら、もう無理しなくていい。ずっと頑張ってくれていたんだから、もうこれ以上、頑張らなくていいんだよ。ありがとう。心、ありがとう。

声には出さずに話しかけつづけていると、見つめていた心の表情に変化があった。目尻が下がり、唇の端が上がっている。

「笑ってる」

「笑ってる」

夫と竹下先生が、同時に言った。佐藤さんも、笑ってますね、と言った。佐藤さんはいつのまにか涙声になっていた。そんな中で、心は確かに笑っていた。それは筋肉の反射なんかじゃなかった、絶対に。

「ありがとう」

夫が手を伸ばし、心の頭をなでる。夫は泣き、わたしも泣いているが、心は笑っている。

心は笑っている。

# 守る場所

四十代半ばを過ぎたあたりから、訃報を耳にする機会が増えた。その中でも印象的だったのは、六年前のものだ。

携帯電話ではなく、自宅の固定電話が鳴るのは珍しかった。出勤の準備をしていた、朝のことだった。

はい、と電話に出ると、男性の声で、黒川さんですか、と訊ねられた。さらに、はい、と答えると、苗字を名乗られた。それはかつて、ずいぶん若い頃に少しの期間だけ、わたし自身も名乗っていた苗字だった。

別れた夫に違いなかった。どうしたの、と言うべきか、どうしたんですか、と言うべきか悩んでいると、電話口から、別れた夫の下の名前と、の兄です、という言葉が聞こえてきた。

彼の兄とは、二回くらいしか会ったことがない。わたしたちが結婚した当時は、遠方に住んでいたし、もともとあまり兄弟仲もよくないようだった。

はい、と戸惑いながらも答えると、弟が息を引き取りました、昨日の朝方です、と淡々と告げられた。

受話器を持つ左手に、力を入れた。驚きとも悲しみとも言いがたかった。まっさきに頭に浮かんだのは、まだ結婚もしていない頃に、一緒に山に出かけたときの姿だった。なぜそれが浮かんだのか、自分でもわからなかった。特別楽しかったというわけでも、印象深かったというわけでもないのに。今この瞬間までは、すっかり忘れていたような出来事なのに。

「そうですか」

「はい。すみません、突然の連絡で。じゃあ、失礼します」

「はい。どうも」

ありがとうございました、というのもおかしいと思い、咄嗟に、どうも、と言い換えたが、それもふさわしくない気がした。しかしこちらの返事を気にする様子はなく、電話は切れた。

受話器を置き、座椅子に戻った。朝ごはんを食べている最中だったのだ。食べかけのトーストは、味がしなくなった。

香典、と思ったが、葬儀場所も聞かされていなかった。聞くためには、今度はこちらから電話をしなければいけない。携帯電話に彼の携帯電話の番号は入っているが、それに彼の兄は出るだろうか。

彼の実家の電話番号は、手帳かなにかにメモしていたと思うが、その手帳がいつ使っていたものか、今はどこにあるのか、思い出せない。今から探す気にもなれないし、彼の兄は、わずかばかりの香典なんて喜ばないだろうと思った。彼自身も。

死因について考えたが、それも知らされていない以上、ただ想像するしかない。ガンだろうか。正解かもしれないし、不正解かもしれない。

それから、彼の年齢を思った。わたしよりも三つ上だから、五十八歳。今の時代なら、亡くなるには若い、早すぎる、と言われてしまう年齢だ。しかしわたしは、不思議と納得してしまった。そうか、五十代か、と。

おそらくわたしも、五十代で死ぬ。死因はガンに違いない。父は五十三歳のときに胃ガンで、母は五十六歳のときに乳ガンで亡くなった。そして今、別れた夫も五十八歳で。

死についてはよくわからない。年齢を重ねれば自然とわかるようになるものだろうと思っていたが、身近でこんなに多くの訃報を耳にしても、やはりわからないままだ。怖いかと訊かれると、それすらも、わからない、と答えたくなる。

やり残したと感じることや、大きな心配事があるわけではない。一人娘の香織《かおり》は就職し、もう家を出た。結婚はまだだが、特に心配しているというわけでもない。いい人がいればいいとは思うが、お母さんには言われたくない、なんて言い返してくるに違いない。誰に似たのか、小さな頃から口が達者だった。一緒に暮らしていたときは、喧嘩もしょっちゅうした。

ああ、そうだ、香織には連絡すべきだろうか。あの子にとっては実の父親だ。亡くなったみたいよ、と伝えたら、きっと、どうして、と開口一番に言うだろう。わからない、と答えたら、怒られてしまうだろうか。

とりあえず、このトーストを食べてしまわなければ。もう一口かじってみるが、やはり味がしなかった。

一階のコンビニでツナマヨと昆布のおにぎりを買い、南病棟の二階端にある、職員食堂に向かう。カードをタッチして入ることができるようになっている。

端の席に座り、昆布のおにぎりから食べる。水筒は持参していたもので、中は麦茶だ。夏になると、麦茶が一番飲みやすい。

少し食べ進めたところで、後ろから、くーろかわさんっ、と歌うように話しかけられた。見なくても野口《のぐち》さんだと声でわかった。

「あらー、遅かったわね」

「整形外科の病室で、大量にゴミ捨ててる患者さんがいて、ゴミ箱ぱんぱんで。もう仕分けするだけで疲れちゃったわよ」

「いやあね。何捨ててたの？」

「それがねえ、お菓子ばっかりなの。アイスの棒とか、ポテトチップスの袋とか。あんなに食べて大丈夫なのかしら」

そう言い、笑いながら、わたしの向かいに座る。野口さんは、わたしと同じように、この大学病院で清掃のパートをしている。

勤めはじめたのはわたしが早く、歳も五歳ほどわたしが上だが、まあまあ近いといっていいし、昼休憩の時間が一緒になることが多いので、しょっちゅう同席する。そのたびに内心、制服とはいえ、オレンジのポロシャツに、ベージュのパンツという、まるっきり同じ格好をしているおばさんたちが二人向かい合って座っているところは、なんだか滑稽ではないかしら、と思ってしまう。

職員食堂には、あまり医師や看護師はいない。まったくいないわけではないけれど、別の休憩室があるから、多分そっちで過ごす人が大半だ。制服姿の事務員らしき人のほうがよっぽど見かける。勤務内容は異なっているのだろうが、かつてわたしも、事務員だった。

離婚直後からずっと、小さな水道工事店で、事務の仕事をしてきた。二十年ほど勤めた。社長の奥さんでもあった専務が優しい人で、香織が熱を出したという連絡が保育園から来たりすると、ひとみちゃん、いいわよいいわよ、帰りなさい、と気遣ってくれた。香織が年中さんのときに、わたしの母が亡くなってからは特に、一人での子育ては困難だったが、なんとかやりきれたのは、専務のおかげだ。

社長が突然亡くなって、水道工事店をたたむことになってから、慌てて次の仕事を探したが、若くないわたしを正社員の事務員として雇ってくれるところは、なかなか見つけられなかった。当時大学生だった香織が、熱心にバイトしてくれていたこともあり、結局、正社員はあきらめ、パートとして勤務することになった。

いくつか他の仕事を経験したのち、病院清掃の仕事を始めたのだが、気づけば五年ほどが経つ。勤務時間は朝八時半からだが、それより少し早く始め、一時間の昼休憩を挟み、夕方四時までにはきっちり終える。

ここの大学病院には、同じ清掃会社から、何人も派遣されている。わたしが担当しているのは、主に西病棟の三階と四階。野口さんが担当しているのは、南病棟の三階と四階なので、勤務中はかち合うことがない。

野口さんは青いチェックのお弁当包みを開ける。いつもお弁当を持参しているのだ。すごいわねえ、とほめると、旦那に作るついでよ、余り物ばっかりなんだから、なんて言うけど、そもそも旦那さんに作っているのがすごいことだ。わたしも香織が高校生のときはお弁当を作っていたが、今また作れと言われても無理だ。ましてや自分のために作る気にはなれない。こんなふうに、コンビニでおにぎりやパンを買って済ませている。昼だけならいいが、夜もそういうことが少なくない。香織に知られたら、きっと叱られる。

「なんだか一昨日くらいから腰が痛いのよねえ」

野口さんはそう言うと、服の上から腰をさすった。

「あら、まずいわね。タオルで足上げするのがいいわよ。知ってる？」

「足上げ？　どんなの？」

「寝っ転がって、片方の足のつま先にタオルをひっかけるのよ。それからタオルをひっぱって、んー、って足をゆっくり持ち上げて伸ばすの」

身振り手振りを交えながら、わたしは、毎晩やっている足上げについて説明する。もともとは、ネットで見たという香織から教えてもらったものだ。半信半疑で始めたが、なかなか調子がいい。ひとしきり説明を終え、野口さんからの質問にいくつか答えてから、こう言った。

「わたしも腰痛めることが多かったんだけど、これやるようになってから、だいぶ楽になったわよ。思いこみかもしれないけどね」

わたしが笑うと、野口さんも笑った。

「でもほんと、黒川さん、姿勢いいし、若々しいもんねえ。わたしより上だなんて思えないわ」

「もう六十一よ。おばあちゃんよ、おばあちゃん」

自分で言ったことなのに、六十一、という単語の響きに、少し驚いてしまう。

還暦となる、六十歳の誕生日を迎えたのは去年だ。お祝いなんて別にいらないと言ったが、一生に一度なんだからと香織が言い、香織の夫である菅原《すがわら》さんと香織と葵《あおい》で、ホテルの中にある和食店で食事をとった。

デザートに出された抹茶プリンを食べているところで、香織にうながされた葵が、ばあば、どーじょ、と言って、プレゼントしてくれた紙袋の中身は、赤いカーディガンだった。

これならちゃんちゃんこと違って普段でも使えるでしょ、と香織が言い、お礼を言ったが、正直、プレゼント自体の嬉しさよりも、葵が、どーじょ、と言ってくれたのに感激していた。葵はあまり言葉が出ていなかったが、一歳半を過ぎたくらいから、急におしゃべりになってきたのだと言う。保育園のおかげかも、と香織は言っていた。

自分が香織を幼い頃から保育園に入れていたことを、心苦しく思っていた。保育園なんてかわいそうに、と面と向かって言われることもあったから余計に。葵が〇歳から保育園に入っているのは、もちろんわたしのためではなく、香織が仕事に復帰するためなのだが、かつてのわたしの育児を、香織は否定していないような気がして、勝手に救われた気持ちになる。無論本人に言ったことはない。何言ってんの、と一笑に付されるに決まっている。

赤いカーディガンは、あのとき羽織って写真を撮ったが、実はそれっきり着ていない。せっかくだからどこかに出かけるときにでも、と思っているのだが、なかなかそんな機会はない。今年は少し着るようにしよう。

「いやだ、まだ全然じゃない。若い若い」

「そんなことないわよ」

五十代で死ぬのだろうと思っていたから、こうして六十代となった自分を、不思議に思う。年に一度受けている健康診断でも、今のところ、とりたてて問題はない。それはありがたいことなのだが、何かの間違いのようにも感じてしまうのだ。自分はズルをしているのではないか、とすら思うこともある。

離婚してから、母が自分の年齢のときには、と無意識のうちに考えることがあった。その都度、母が自分の年齢のときには、もっとしっかりしていた、と、兄と自分を育てた母との差に、落ち込んでしまっていた。母はずっと専業主婦だったが、それだけが理由ではなく、家事も育児も、わたしよりずっと丁寧にこなしていた。

今、母が自分の年齢のときには、と置きかえることはできない。母が進めなかった目盛りの上を、自分は歩いている。

「そういえば、今度息子が、彼女をうちに連れてくるらしいのよ。黒川さんのところ、お嬢さんよね？　彼氏連れてきたりしたことあった？」

「うん、うちは娘が一人よ。誰か連れてくるなんてことなかったわー。結婚するときも、結婚するから、って、相談とかじゃなく報告だったもの」

「そうなの？　娘さん、しっかりしてるのねえ」

「抜けてるところも多いけどね」

「結婚するときは、でも、食事会とかあったんでしょう？」

「そうね、お互いの親と集まって。わたしが緊張しちゃったわよ。こっちはわたし一人だし」

両家の顔合わせのための食事会は、もう何年も前のことだ。あのとき何を食べたんだっけ。確か中華料理。いや、それは、結婚式の前の日だったかもしれない。

「あははは。うちは、単に家に遊びに来るだけ、なんて言ってるんだけど、それでも食事出さないってわけにもいかないし。何作ろうかって考えたら、今からなんだか気が重いわよ。そんなにおもてなしできるような料理もないし」

「でも野口さん、お料理上手じゃない。いつもお弁当もちゃーんと作ってるんだし」

「なに言ってんの、冷凍食品ばっかりよ。最近の冷凍食品ってすごくおいしいのよね」

わたしは笑い、水筒のお茶を飲む。二つだと多いから、一つ半くらいがちょうどいいんだけど、と思いながら、ツナマヨのおにぎりの包装をほどく。


なかなか眠れない夜があり、そういうときは、昔のことばかり思い出している。

現在寝室にしているのは、かつては香織の部屋だったスペースだ。ベッドフレームがキーキーいうようになってうるさくて、と電話した際にふと報告すると、じゃあわたしの部屋のベッド使いなよ、と言われた。

2DKのマンションは、二人で暮らしているときには狭くて仕方なかった。言い争いをしたときなんて特に。狭い家で過ごさなくてはいけない、自分自身の経済力のなさに悲しくなるほどだった。DKを無理やりリビングにもしていた。その狭さを、今となっては持て余している。キーキーいうベッドフレームも処分しなくてはと思いつつ、もう一年近く置きっぱなしだ。

この部屋には、本棚やタンスなど、香織が使っていた家具がいくつか残されているが、中身はほとんど空だ。細かいものだと、ぬいぐるみや化粧品など、おそらく本人も持っていることを忘れているであろうものたちが少し。机の引き出しの中は確認していないが、重要なものは入っていないだろう。

わたしが行ったこともなかったような都市で就職し、そのまま結婚生活を送って、子どもを育てている香織。いつのまにか、香織の人生に、わたしは必要なものではなくなった。ここよりもっと狭いアパートで、一日中抱っこして過ごしたような日も、確かにあったというのに。

数年前の、別れた夫の死を、香織には結局、報告しなかった。いまだに知らないはずだ。悩んだが、今さら聞かされてどうにかなるというものでもないだろう、と思ったのだ。

別れた夫は、お酒が好きで、酔っぱらうと暴力をふるうこともあった。お酒にかぎらず、浪費癖もあった。パチンコも度を越して好きだった。そうしたことの積み重ねで離婚となったのだが、いい部分も確かにあった。

長所の一つは、子どもが好きなところだった。香織のことを、ものすごく可愛がっていた。こちらが照れてしまいそうなほど、表情も声も溶かすようにして、名前を呼んでは、抱っこする。ほっぺたやおでこなど、あらゆる場所に触れては、可愛いなあ、ほんとに可愛いなあ、とつぶやいていた。

自宅にまで借金取りが来るようになっていたから、離婚自体は、彼としても、受け入れざるをえないという感じだったが、香織には時々会わせてくれ、と頭を下げて頼みこんできた。それまで別のことでは、わたしがどんなに怒ろうが、反対にそれを上回る勢いで怒り返してきて、謝るなんて、絶対にしなかったのに。

愛情というよりも、憐《あわ》れみの気持ちが残っていた。二、三ヵ月に一回くらいなら、と言った。わたしが言うのもおかしいが、当時一歳だった香織は、確かに本当に可愛い存在だった。この子ともう一生会うことができないと言われたら、どうにかなってしまうかもしれなかった。それは夫にしても同じことではないかと思った。

しばらくは律儀にそれを守っていた。たまに数ヵ月ほど空くこともあったが、また悪びれもせず連絡してきては、香織に会いたいんだけど、と言う。そのたびに引っ越した部屋に招いていたが、自宅に入れることに抵抗をおぼえ、どこか外で会ってもらうようにした。たまにファミレスのような場所に行くこともあったが、たいていは公園だった。別れた夫は、相変わらずお金がないようだった。もちろんわたしだってなかったし、あったとしても、出すつもりはなかった。

香織が小学生になってからは、待ち合わせ場所にだけついていき、あとは二時間くらい二人きりで過ごさせていたのだが、香織にとっては退屈な時間のようだった。別れた夫もおそらく、赤ちゃんのようにしか接することができず、大きくなった香織に戸惑っていたのだろう。もう抱っこするわけにも、ほっぺたに触れるわけにもいかないだろうから。

香織はまだ小学校一年生だったにもかかわらず、もうお父さんに会うのいやだ、つまんない、お母さんと遊ぶか、一人で家で遊んでるほうがいい、などと言うようになってしまった。それでも別れた夫からは連絡が来るので、一応会う約束をしておくが、当日になると、行きたくない、と香織は言う。

子どもの言葉とはいえ、正直に伝えるのは、別れた夫がさすがに気の毒だったので、お腹が痛いみたい、などと適当な理由をつけて断っていたが、数回続いたことで、向こうも察したようだ。いつのまにか、少なくとも半年に一回は来ていた連絡は、一年に一回となり、それから途絶えた。

香織が彼に会ったのは、小学校三年生か四年生くらいのときが最後だったはずだ。会った回数だって多くないし、そんなに強く記憶に残っているとも思えないのだが、中学生くらいになってからはしきりに、お父さんはロクデナシだったから、なんて言うようになった。酒癖の話や借金の話はしていなかったのに。

わたしに気を遣っているのかと思ったが、そうではなく、嫌悪しているようだった。本当はまた会いたいのかと思い、それとなく聞いてみると、絶対に会いたくない、と言う。

お母さんは男運が悪いから、と言われたことまであった。いいかげんなこと言わないで、と叱ったが、どうしてあんなことを言ったのか、今も謎だ。離婚してから、二人の男性とお付き合いしたが、どちらとも長くは続かなかった。今なら自分の若さやひどさがわかるし、相手に申し訳なさも感じる。仕事と香織で精一杯だった。

人生を、進むというより、もがいてきた。とにかく目の前の壁を越えようとして、手足をがむしゃらに動かしつづけてきた。

五十代で、死ななかった。六十一になってしまった。

そんなことをとりとめもなく思っているうちに、ようやく眠気が近づいてくるのを感じる。眠気に身をゆだねるため、目を閉じる。


どこも手抜きしているつもりはないが、ＮＩＣＵでの清掃は、特に入念にやっている。

塵《ちり》一つ残したくない。とにかく清潔な空気を、赤ちゃんにとって快適な空気を、保っておきたい。他の多くの部屋と異なり、ＮＩＣＵの入室時には手洗いと消毒が義務づけられている。それだけ気をつけなければいけない空間なのだ。

ＮＩＣＵという名称を、この仕事をするようになるまでは知らなかった。新生児集中治療室。生まれたばかりの小さな赤ちゃんが入院する場所だ。

初めて来たときは驚いた。その騒がしさに。アラーム音や、赤ちゃんの泣き声。それらを気にせずに話している医師や看護師の姿にも。出入りするうちに、アラーム音はしょっちゅう鳴ってしまうものなのだとわかるようになってきた。赤ちゃんが動いた拍子に、コードが外れたり。

ピンポーン

誰かが押したチャイム音が、ＮＩＣＵ内に響く。ここにいる赤ちゃんの、お父さんかお母さんだろう。ここは赤ちゃんの両親しか面会することができない。葵がいた病院も同じだった。

三年前、予定日よりずっと早く生まれた葵は、ＮＩＣＵで過ごしていた。まだ葵という名前も与えられていなかった。菅原さんから電話で報告を受けたときは、手が震えて、何度も聞き返してしまった。別れた夫の訃報を聞いたときですら、そんなふうにはならなかったのに。

本当ならばすぐにでも駆けつけたかったが、行ってもどうにもならないとわかっていたし、菅原さんも、わたしの行こうかという提案を、やんわりと拒否していた。正直やるせなかったが、仕方ないともわかっていた。香織にはもともと里帰り出産を勧めていたが、夫である菅原さんに一番に会わせたいからという理由で断られてしまっていた。夫婦となった以上、当たり前なのかもしれなかったが、寂しかった。

菅原さんからの報告の翌日、清掃のためにＮＩＣＵに入ったとき、いつもの見慣れたはずの光景が、まるで異なるものに見えた。

それまでは、あらー、小さいわね、可愛いわね、くらいにしか思っていなかったが、それぞれの赤ちゃんが、とても小さな身体で、闘っているのだと感じた。

何より、いつもせわしなく働いている医師や看護師たちの姿。赤ちゃんを抱き、パソコンに向かう人。赤ちゃんのオムツを替えている人。話し合う人たち。寝つかせようとしている人。哺乳瓶の消毒をしている人。

全員、赤ちゃんのことだけを考えている。意味もなく動いている人なんてどこにもいない。赤ちゃんが元気になるために。赤ちゃんが幸せに過ごせるために。この場所で、赤ちゃんを必死で守ろうとしている。

きっとこういう人たちが、香織の娘の入院するNICUにもいるはずだ、と確信できた。目の前にいる人たちの真剣さが、ひたすらにありがたかった。

あのとき感じた気持ちを、そこにいる人たちにきちんと伝えたかった。ありがとうと何度言っても足りなかった。

葵は結局、NICUで一ヵ月近く過ごし、無事に退院できた。葵が退院した二日後に、このNICUでは息を引き取ってしまった赤ちゃんがいて、それを知った瞬間、自分でも驚くほど泣いてしまった。

息を引き取った赤ちゃんと、縁もゆかりもないわたしが、こんなに泣いてしまうのはわけがわからないだろうと思い、教えてくれた看護師の佐藤さんに、なんとか説明したつもりだったが、どれくらい伝わっていただろうか。思い出すと恥ずかしくなる。佐藤さんはどうやら今日はお休みらしい。

いくつかあるゴミ箱の中身を回収し、元の場所に戻していく。途中、おはようございます、と声をかけられた。

「あら、おはようございます」

挨拶を返した。声をかけてくれたのは、臨床心理士の和久田さんだ。目鼻立ちがくっきりとしていて、見るたびに、美人だなあ、と思う。化粧品のＣＭに出ている女優さんに少し似ている。おそらく年齢は香織と同じくらいだろう。

ゴミ箱をすべて戻し終えると、軽く息をついた。

終わりがある仕事はいい。またすぐに汚れてしまうのはわかっているが、目に見えて綺麗になった箇所を見ると、気分が晴れやかになる。

終わりよければすべてよし。

母が、ことあるごとに口にしていた言葉だ。ちっとも意味がわからないと思っていたが、今ならなんとなくわかる。そもそも終わりがあるということは大事だ。終わりがあるから、なんとか進んでいけるのだ。

「失礼します」

誰にともなく言うと、ありがとうございます、と近くにいた看護師から声が返ってくる。こちらこそありがとうございます、と思う。本当にありがとうございます。本当に本当に、ありがとうございます。言葉には出さずに、軽く頭を下げて、退室する。

来月、香織の友だちの結婚式があるらしく、香織と葵がうちにやって来ることになっている。別れた夫の訃報を聞かされたときは、死ぬのが怖くなかったが、今は少し怖い。すごく会いたい人がいるからだ。ＮＩＣＵが守ってくれた、その子の顔を思い浮かべる。六十一歳のわたしは、まだ、もう少し長く生きていたい。

# 向いている場所

優しいやつは、向いてない。

篠崎《しのざき》先生の言葉がよみがえる。

思い出してしまったのは、車内でつけっぱなしにしているラジオが理由だ。自分の誕生日に、家族がサプライズパーティーをしてくれた、という女性からの投稿に、番組ＤＪは、優しいご家族ですねえ、と力をこめた声でコメントした。

先生の言葉には、この中には臨床心理士を目指して心理学科を受験した人も多いと思うけど、という前置きがついていた。大学一年生のときに受けた授業だったから、もう十五年も前だというのに、直後の教室の静寂を含めて、鮮明に思い出せる。

とはいっても、優しさがないのは論外だ、それは何事にも向いてない、と篠崎先生は笑いながら付け足し、黙っていた生徒たちは、少し安心したのか、ようやく笑った。

相手に寄り添おうとしてしまうんだよ。それじゃあダメなんだ。あくまでも線を引いておかないと。どんどん一緒に下がってしまう。下がるっていったって、階段みたいに、一段ずつってもんじゃないよ。経験あるかもしれないけど、どーんといったりするんだから、一気に。で、もう、ここで終わりかなと思っても、まだ底がある。沼だよ、沼。底無し沼。

先生が沼について話したのは、授業ではなく、飲み会でだった。忘年会なのか新年会なのか、あるいは何かにかこつけた別の会だったのかは思い出せない。お酒が好きな人だった。いや、飲み会の雰囲気も含めてだったのかもしれない。おれは日本酒さえあればそれでいい、なんて言っていたが。

前方の信号が青に変わり、前の軽自動車がゆるやかに発進する。わたしも、足をブレーキからアクセルに移動させる。

助手席側の窓からは赤ちゃん用品の店が見える。国道沿いに建っていて、大型店のためか、よく客が入っているイメージだ。隣のドラッグストアも大型店で、子どもを持つ家族には便利だろうと思う。どちらも、こんなふうに車で通りかかるだけで、入ったことはない。今はまだ開店前なので、広い駐車場もほぼ空いている。

ラジオはとっくに話題が変わっていて、今は曲がかかっている。最近流行《はや》っているもので、CMで耳にした記憶もあるが、詳しくは知らない。篠崎先生のことをまた思う。

最初は怖い印象を持っていたが、授業を受けたり、そのあとに質問で雑談したりするうちに、むしろ親しみを感じるようになり、ゼミを決める際も、臨床心理学の教授は他にもいたのだが、篠崎先生のところを迷わず選んだ。そのまま院に進学し、授業の手伝いなどもするようになったので、関わりはずいぶんと深くなった。何度となく飲み会で同席した。

先生も沼にはまったことがあるんですか、と聞いてみればよかった。きっと、あるある、ありまくりだよ、などと冗談めかして答えておしまいになったかもしれないが。

もう二度と、聞くことはかなわない。

先生は、昨年亡くなった。まだ六十三歳だった。研究会で出かけた先でのことだ。チェックアウトの時刻を過ぎてもロビーに現れず、他の先生方が、ホテルのスタッフとともに部屋を訪ねたところ、床に外出着のままで倒れているのを発見されたのだという。前夜の飲み会ではいつもどおり元気だったとのことだった。部屋に戻って、いきなり倒れたのだろう、と。

葬儀にも参列し、その後もお宅にお邪魔して、仏壇を拝ませてもらったが、いまだに実感は湧かない。おくむらぁー、と笑いながらわたしを呼んでいた人が、この世にいないとは、どうしても思えない。タイミングが合わずに、このところはしばらく会えていないだけだという気がしてしまう。また大学の研究室に顔を出せば、おぉ来たのか、暇人か、なんてにやりと笑って迎え入れてくれるのではないだろうかと。

一方で、突然倒れて逝ってしまうというのは、らしいな、という気もする。おとなしく入院している姿や、お酒を飲まなくなった姿なんて想像できない。最後になってしまった飲み会がどんなものだったかはわからないが、おそらくいつものように、たくさん日本酒を飲んだのだろう。

篠崎先生の言葉を多く聞いてきたつもりだったが、もう二度と話せないと思うと、聞いておきたかったことや話しておきたかったことだらけだ。仕事についても、結婚生活についても。

先生はおしゃべりだったが、自分自身についての話はほとんどしなかった。家族についても、奥さんと、成人している二人の息子さんがいることは知っていたが、葬儀の場で会ったのが唯一だ。息子さんたちは背が高く、それぞれは似ていないのに、二人ともなんとなく先生に似ているような気がした。

わたしもまた、自分の悩みを打ち明けるようなことはほとんどしなかったが、飲み会で、冗談めかして、わたしは恋愛が下手だから、と言ったことがある。恋人の就職に伴う転居が理由で別れたばかりだった。彼は、わたしが院を修了したら一緒に住むことを望んでいたのだが、ついていきたいとは思えず、一方で遠距離恋愛はおそらく難しいだろうとも思っていた。答えを出さないわたしに対し、彼は別れを切り出してきた。

同級生や後輩に対して話していたのだが、その言葉が耳に入った先生が、奥村、とわたしに言った。

「お前が下手なんてことはない。そういうのは巡り合わせなんだから、一人のせいじゃない」

わたしが当時別れたばかりだったことも、別れの理由も、先生は当然知るはずがなかったのに、そんなふうに言った。えー、ほんとですか、と笑って流すように答えてしまったが、あのときもっと、真剣に話せばよかった、と今になって思う。

わたしの結婚式では、乾杯の音頭をとってくれたのだが、驚くほど短いものだった。あまりの短さに、他の参列客からも笑いが起きるくらい。先生、もっと何かなかったんですか、と後で冗談めかして聞くと、スピーチは短ければ短いほどいいんだよ、と笑っていた。

夫である誠一《せいいち》は、結婚式で初めて先生に会ったのだが、怖そうに見えるけど優しい人だね、と後で話していた。確かに優しかった。本人は、臨床心理士に向いてないってことか、と笑って否定するだろうけれど。

そして、誠一も優しい。出会ったときからずっと。

優しいやつは、向いてない。

仕事についてだけでなく、あらゆるものに当てはまって感じられて仕方がない。一瞬、誠一の顔が思い浮かぶ。病院まではあと少し。

NICUは西病棟の三階にあるのだが、エレベーターではなく階段を使っている。二階にある小児外来、一階にあるコンビニや、南病棟にあるカフェに行くときも同様だ。

病院内の決まりというわけではない。日ごろの運動不足を、少しでも解消できるだろうかと思ってのことだが、前に誠一に話したら、そのくらいでできるわけないよ、と笑われてしまった。

学生時代はサッカーをやっていた誠一は、今も時々、休日の朝に軽いランニングに出かけたり、冬には友人たちとスノボに出かけたりしている。ずっと体育を避けていた身としては、運動したいなあ、とたまに言う彼は、異質の存在だ。

ずっと、自分との違いばかり感じていた。共通の友人たちの飲み会で知り合ってから、熱心に声をかけ、アプローチしてくれた。付き合うようになってからも、時間や労力を割いて、わたしが楽しめることや好きなものを探しつづけてくれていた。そのエネルギーは、わたしにはないものだ。あまりに違うからこそ、一緒に生活できているのかもしれない。

多少呼吸が乱れているのを感じつつ、三階に着いた瞬間、黒川さんが廊下をモップがけしている姿が目に入った。

「おはようございます」

後ろから声をかける。

「あら、おはようございますー。暑いわねー」

「ほんとですよね、いやになっちゃいますね」

「ほんとほんと。じゃあ、またあとでねー」

笑って言う彼女に、軽く頭を下げ、ＮＩＣＵへと向かう。

黒川さんと長く話したことはないし、お互いの個人的な情報は全然知らない。おそらく母の年齢くらいではないかと思う。ただ、こうしてたまに言葉を交わすと、明るい気分になる。少し前に髪をばっさりと切ったのだが、その際に病院で、はじめてリアクションしてくれたのも彼女だった。いいわねえ、美人が引き立つわねえ、と。

　黒川さんがわたしを安心させてくれるのは、彼女自身の持つ気さくな雰囲気もさることながら、その立場も関係しているのだろうと思う。ＮＩＣＵという空間にいるのは、患者である赤ちゃんとその両親をのぞけば、医師と看護師のみだ。

　勤務時は毎回、朝のカンファレンスに参加し、現状を共有する。主にシフト内のリーダーによって発せられる言葉を、もちろん聞き逃さないようにしているが、その多くを理解できずにいる。点滴や投与される薬の種類、量、呼吸状態。言葉としてはうっすらとわかっても、本当の意味までは把握できていない。書籍を買って勉強したりもしているが、まだまだだ。

　疎外感というには大げさだが、自分がここにいていいのだろうかという思いは、長く使った湯《ゆ》呑《の》みの茶しぶみたいに、隅っこにいつも残っている。

　ＮＩＣＵ内にも清掃に来てくれる黒川さんが、似た感情を抱いているとはけして思わないが、医師でも看護師でもないというざっくりとした共通点だけで、勝手に親近感をおぼえてしまっているのだ。

　もう五年も働いているというのに。五年。それなりに長い年月だ。ここで見てきた親子も、数えきれない。

　思えば、このＮＩＣＵでの勤務も、知り合いがいるから、と、篠崎先生に話を持ってきてもらって決まったものだ。その話があるまで、ＮＩＣＵについては考えたこともなかった。

「おはようございます」

入室してすぐ、ドア近くにいた看護師さんたちに挨拶をする。おはようございます、とみんなにこやかに返してくれる。

同じように白衣を着ていても、まるで違う。わたしの白衣は上から羽織るもので、看護師さんたちの白衣はパンツタイプの制服だ。ささやかな差異だとはわかりつつも、やけに意識してしまっている自分がいる。今日は朝から余計なことばかり考えている。

既に面会に来ている女性がいた。手塚さんだ。車椅子に座っているのは、まだ帝王切開の痛みが残っているからだろう。自由に歩ける状態になるまでは、少し時間がかかるはずだ。

三日前に生まれたばかりの息子さんがここに入っているのだ。低体温状態で七十二時間眠らせる治療をおこなっている。眠る息子さんを、真剣な横顔で見つめている。声をかけようかと思ったが、彼女は近くの看護師に軽く頭を下げると、自分で器用に車椅子を動かして、ここを出ていった。また後でやってくるだろう。

手塚さんとは、昨日初めて話した。第一子である息子さんが治療を受けていることに、動揺している様子はあったが、それでもしっかりとしていた。話の途中で、彼女のことを「お母さん」と呼ぶと、まだ慣れないですね、と笑っていた。

ＮＩＣＵの多くの看護師は、患者の母親のことをママと呼ぶ。わたしも当初はそれを真似ていたが、いまひとつ馴染めず、お母さんと呼ぶようにした。特に誰かに指摘されたことはないので、どちらでもいいのだろう。入院したばかりの患者は、まだ名前がついていない場合が多いので、患者名として、母親の名前にベビーがつけられている。手塚さんの場合は、「手塚友里恵ベビー」。それも最初は奇妙に感じていたが、今は見慣れた光景だ。名前が決められると、手書きで、横や下に書き足される。

あらゆることには慣れていく。ここに来た当初は、終始何らかの音がしていることにも戸惑っていた。赤ちゃんが泣きつづけていたり、異常を示すのであろうアラーム音が鳴りつづけているのに、医師も看護師も平然としているのが不思議で仕方なかった。今はもう、赤ちゃんにつけているパッドは外れやすくてすぐにエラー音が鳴ってしまうことや、赤ちゃんが少々泣いていても問題ないことはわかる。

動作を一つ終えるたびに、手を洗うのも習慣づいた。手首や爪の間まで、丁寧に。手洗いは重要だ。わたしは他の人たちにくらべると、赤ちゃんに触れることは少ないが、言うまでもなく、赤ちゃんに感染させるわけにはいかない。みんな、元気になるためにここにいるのだ。

かつて手洗いの回数が多くなったのを、誠一に冗談まじりに指摘された。自宅でも同じように洗ってしまっていたのだ。今は切り替えできるようになったが、それでもここで働く前に比べたら、手洗いの回数は格段に増えた気がする。そのおかげなのか、他にも気をつけている部分が多いからか、何にせよ風邪もひきにくくなったのはラッキーだ。契約職員として雇用されているわたしは、たとえ病欠であろうとも、休めば休んだ分だけ給料が減ってしまう。

ここでの勤務は週に四回。残業もほぼないので、他に週一回勤務しているデザイン専門学校や、月に二回ほど勤務している私立大学での分を合わせても、月収はバイトに毛が生えた程度だ。両親に出してもらった、大学院までの学費を計算すると、申し訳なさが生まれる。両親が気にしていないのはわかっているが。

「少し早いけど、カンファレンス始めますね。参加できる人、お願いします」

リーダーの呼びかけに、看護師たちが入口近くのデスク周りに集まっていく。竹下さんの姿も、リーダーの隣にある。

新生児科医師の中でずばぬけて若い、おそらく三十代半ばであろう竹下さんは、わたしにとって気になる存在だ。長身で、顔立ちも整っているが、恋心というようなものではなく、もっと単純に、人となりに興味を持っている。

他の医師たちに比べ、子どもが好きという感じには見えない。もちろん嫌いではないのだろうが、他にも多数の選択肢がある中で、新生児科を選んだのはなぜなのか、聞いてみたいとひそかに思っている。

だが、医師は看護師以上に忙しく、飲み会や食事会といったものにはまず顔を出さない。それでも数回同席したことがあるが、参加人数も多く、席が遠かったため、個人的に話ができそうな雰囲気ではなかった。世間話のついでにでも、さらりと聞いてみてしまうのが、一番現実的なのだが、あいにく、その機会を逃しつづけている。

「はい、じゃあ始めますね」

リーダーが言い、カンファレンスが始まっても、当然そんなことはお構いなく、アラーム音は鳴り、赤ちゃんは泣く。今はなぜか、それらの音に心地よさすら感じる。

こんなふうにダイニングテーブルで向かい合って食事をとるのは久しぶりだ。平日、誠一は帰りが遅いことが多く、わたしが先に食事を済ませてしまう。朝食は、わたしは仕事に向かう車内で野菜ジュースを飲むだけだし、昼食は、それぞれの職場。土日であっても、どちらか（主に誠一）に予定が入っていたりすることも少なくない。

誠一も同じことを思ったらしく、なんか久しぶりだよね、と言う。こんなことならもっとしっかりと夕食を作るべきだったかもしれないとも思ったが、今日は早く帰れそう、というメッセージを受信したのはさっきだった。

テーブルには、仕事のない日につくりおきしておいたタッパーの中の副菜（野菜のピクルスやきんぴらなど）の残りがいくつかと、鶏肉《とりにく》と大根の照り煮。あとはごはんと、インスタントのお味噌汁。

料理はわりと好きなほうなのだが、働き出してから、そんなに凝ったものは作らなくなった。それでも、遅く帰ってきて一人で食事をとる誠一は、これうまいな、とか、今日もごはんありがとう、とかよく口にする。今日も、照り煮の大根を口に運び、柔らかい、おいしい、と少々大げさにも感じられる口調で言った。よかった、とわたしは答える。

「今日は、入院する子や退院する子はいたの？」

「ううん、いなかった。小児外来に、一ヵ月くらい前に退院した子が来てたけど。しばらく入院してた、大地《だいち》くんっていう」

NICUを出たからといって、すぐに元気に暮らせるかというと、そうではない。隣接するGCUにうつって、引きつづき入院する子もいれば、退院後も医療的ケアが必要となり、かなりの頻度で通院することになる子もいる。

今日会った大地くんは、超未熟児で生まれたのだが、生後六ヵ月を過ぎた今も、酸素吸入を必要としている。酸素ボンベも積まれているベビーカーは、普通のベビーカー以上に移動が大変そうだ。

「ああ、前に話してた、目がぱっちりの子？　上にも二人お兄ちゃんいるって言ってたよね。お兄ちゃんたちは何歳だっけ？」

誠一の記憶力に感心しながら、わたしはまず、そうそう、と前半の問いに答える。

大地くんを連れていたのはお母さんで、上の二人のお兄ちゃんは、今はそれぞれ小学校と幼稚園に行っているということだった。

診察までの待ち時間に、お母さんと少し話をしただけだが、NICUで話していたときよりも、さらに落ち着いている様子だった。ちょっとやそっとのことでは動じない、という強さを感じた。

母の愛は偉大だというような、この国にはびこっている母性神話は苦手だし、なくなればいいとも思うが、それでもたくさんの母親と話す中で、彼女たちの強さを目の当たりにする。もともとの強さというよりも、補強されていく強さを。

誠一は、仕事についての話を聞きたがる。夫婦といえど、当然守秘義務はあるので、調子を崩している人の状態についてや、フルネームを含む個人情報については伝えられない。話すのは主に、NICUにいる赤ちゃんの様子だ。笑うようになったとか、面会に来ていたお父さんにそっくりだとか、抱っこさせてもらったら柔らかくて怖かったとか、そんな他愛もないことばかりだが、興味深い様子で聞いてくれている。臨床心理士であるわたしよりもよっぽど、聞き役に向いているかもしれない、と思うことすらある。

音が鳴る。リビングのローテーブルの上で、誠一のスマホからだ。

誠一は振り返ってからこちらを向き直し、あー、ごめん、と言ってから、箸を置き、椅子から立ち上がってそちらに行く。

わたしは、ピクルスの中のプチトマトを口の中に入れ、嚙む。酢が多かったかもしれない。

誠一の険しい顔が視界に入ったので、テーブルの上の料理に視線をうつした。早くも満腹感をおぼえつつある。

誠一がまた、ごめん、と言いながら、向かいの席に座る。

「ちょっとバタバタしててさ、仕事で」

こちらが何も言っていないのに、少し早口でそう言う。大変だね、と答えると、まあ仕方ないけど、とも。

大地くんの話が途中になっていたのだが、誠一がそれについて訊ねてくる様子はなかったので、こちらからもあえて話そうとは思わなかった。

とはいえ、無言でいたいわけでもない。わたしは今日の昼に受信したメッセージを思い出す。

「そういえば、お義母さんが、帰って来る日程わかったら教えてほしいって」

途端に誠一の眉間に皺が寄る。

「えー、千尋のところに連絡したんだ」

「誠一だと、返事がなかなか来ないからじゃないの。別にわたしは構わないけど。わかったら連絡しますねー、って返しておいた」

「ありがとう。そっかー、もう来月だもんな」

「二泊する？」

「一泊でいいよ。っていうか、俺から連絡しておく。ごめん」

誠一の実家は、ここからだと、高速を使って片道二時間半ほどかかる。今まではお盆休みと年末年始、年に二回ほど帰っていたのだが、今年は誠一がお盆に出勤予定のため、来月の連休にお邪魔する予定だ。誠一は実家だとたいてい不機嫌で、理由は彼と父親の関係にある。

誠一は昔から、自分の父についての愚痴をこぼすことがあった。

ささいなことや、よくわからないことで機嫌を損ねると、食卓の雰囲気がそれだけで台無しになったので、食事の時間は苦痛だった、とか。思いつきで何かを提案してきて、楽しみにしていたのに、翌日になったらすっかり忘れていた、とか。そうしたことが数えきれないほどあり、ウンザリしたのだという。

どんな家族も、多かれ少なかれ問題を抱えているし、さほど深刻には思っていなかったのだが、実際に彼の父と会って、彼が抱いている負の感情は、かなり大きなものなのだなと感じた。

会うなりわたしを、ちーちゃん、と呼んできた彼の父は、少し話してから、こんなふうに訊ねてきた。

「今、おれが何考えてるか、やっぱりわかるもんなの？」

心理学というと、相手の顔を見ただけでも何を考えているのかわかる学問、と思っている人は少なくない。もちろんそんなことはない。話してみなければ相手のことはわからないし、話したってごくわずかな部分しかわからない。超能力とは違うのだ。

そんなふうに聞かれることは初めてではなかったから、笑って、いえいえ、エスパーじゃないですからね、というふうに答えたのだが、誠一はそのときも、何言ってんだ、とわたしが驚くほどの勢いで父親を叱りつけ、そのあとわたしと二人きりになったときにも、ほんとにごめん、失礼だよな、と謝ってきたのだった。

結婚が決まり、両家顔合わせの食事会を開いたときも、誠一が怒った出来事があった。

わたしの父は、鉄道会社に勤務している。それを知った誠一の父は、数十年前、学生時代に電車を乗り継いで一人旅した話を始めた。

電車についての思い出話の中で、事実と異なる箇所があった。わたしの父が、やんわりとそれを訂正した。すると、誠一の父はきっぱりと言った。

「いや、そんなはずないですよ。お宅さんの記憶違いでしょう」

喧嘩腰とまでは言わないが、かなり強い口調だった。わたしの父も何か言いたそうな様子だったが、そんなことないですけどねえ、と一言だけ返した。そして誠一は、トイレに行くために中座した。

あのとき殴りそうだったから、トイレで必死で深呼吸したんだ、と、後で教えてくれた。彼は誰かを殴ったことはないはずだが、殴りたくなった気持ちは、おそらく本当だったのだろう。

誠一の実家に行くのは、少し憂鬱だ。お義父《とう》さんは何かを言い、誠一は基本的にはそれを無視する。無視されているのも気にかけず、お義父さんはまた何かを言い、そのうちわたしにも話しかける。義父の存在というよりも、義父と誠一の関係性が、わたしには重たくのしかかる。

それでも、行ってしまえばすぐに終わる。終わりがわかっているのは楽だ。

ごちそうさま、と言った誠一は、水を張った洗い桶《おけ》に食器を置くと、またローテーブルのほうへと向かい、スマホを手に取り、操作しはじめた。さっき、音を消すように設定したのかもしれない。また険しい顔をしている。

わたしは茶碗《ちゃわん》に残ったわずかなごはんつぶを箸でとる。


「ごめんなさい」

「いいえ」

わたしは言う。さっきから松木《まつき》さんは、何度となく謝っている。涙は少しはおさまってきたようだが、目の前のテーブルに置かれた箱ティッシュは、洟をかむために、かなりの勢いで消費されていく。ティッシュはまだいくらでもあるが。

「だめですね、ほんとに」

「そんなことないです」

そう言ったが、どのくらい彼女の耳に届いているのかはわからない。

わたしたちはＮＩＣＵに隣接する個室のソファで、隣り合って座っている。

普段、この個室は、退院が間近となった赤ちゃんと、そのお母さんが半日ほど同室で過ごすのに使われることが多い。一般的な出産の場合、出産後にさっそく母子同室となるのだが、ＮＩＣＵに入院した赤ちゃんは、なかなか母親と一緒に過ごす時間がとれないので、いわば、帰宅後の予行演習を行うのだ。

こうしてわたしが、誰かとじっくり話すために使うことも、時にはある。ＮＩＣＵとは一枚の引き戸を挟んでいるだけだし、完全には閉まっていない。騒がしさは、軽減はするものの、充分に伝わってくる。それでも一応二人きりという形になっていることで、安心して話してくれるようになったりもするのだ。

松木さんは、娘の乃愛ちゃんがNICUに入ってから、めったに顔を出さなかった。彼女自身が入院しているときに一度か二度、退院してからは昨日が初めてだ。そのことはカンファレンスでも、たびたび話にのぼっていた。わたしから彼女に連絡したこともあるが、電話には出てもらえなかった。

NICUにいる子どもに面会に来ない親というのは、多くはないが、けして珍しいとも言えない。

自分の子どもが健康ではなかったり、どこかしらに問題を抱えているというのは、簡単に受容できることではないのだろう。八つ当たりに近い怒りで、それをぶつけてくるような人もいる。見ないふりをするのも、怒るのも、感情の流れとしてはむしろ自然なものなのかもしれないとすら思う。

けれど昨日、松木さんは、保育器の中の乃愛ちゃんを見て、何度も、可愛い、と言っていた。おそるおそるといった様子で抱っこしてまた、可愛い、とつぶやく松木さんの言葉に、まるで嘘はなさそうだった。

「あー、だめだ、ほんとに」

また似たようなことを松木さんは言い、わたしは、そんなことないです、と繰り返す。

座っている場所からは窓が見えるが、薄い緑のカーテンが閉められているので、外の景色を確認することはできない。ここのカーテンは、いつも閉まっていて、開いているのを見たことがない。天井まで届きそうな巨大な壁一面の棚には、医療機器、搾乳器、箱ティッシュ、ウェットティッシュ、ＮＩＣＵの関連書籍や絵本などが並んでいる。

「乃愛、大きくなってて、驚きました。本当に小さかったから」

「そうですよね」

同意した。まだかなり小さいが、入院当初は、確かにもっと小さかった。赤ちゃんは保育器の中で、見逃しそうなほど少しずつ、けれど確実に成長していく。

「わたし、なんてもったいないことをしていたんだろうって思って」

「もったいない？」

質問したわたしに、松木さんは、はい、と言い、また洟をかんだ。

「乃愛の一日は、全部、もう返ってこない一日なのに。毎日、なるべく考えないようにして、見ようともしないで。もう絶対に見られないものなのに。どんなにお金を払っても、どんなに頑張っても、昨日や一昨日の乃愛には、絶対に会えないんですよね」

松木さんが、そこまで一気に話したとき、止まっていた涙がまた彼女の目から溢れ出た。背中をさすると、ありがとうございます、と言った。

全部、もう返ってこない一日。

そんなことないです、と否定することはできない。過ぎた時間が戻らないのは、揺るぎない事実なのだから。

「乃愛ちゃん、お母さんに会えて、嬉しそうでしたよ。昨日も今日も」

わたしは言う。本当にそういうふうに見えたから。

松木さんはまた言い、ティッシュに手を伸ばす。わたしに謝っているわけではないのかもしれなかった。

「ごめんなさい」

「わ、どうしたの、電気もつけないで」

誠一は、ただいま、ではなくそう言った。暗いリビングでソファに座るわたしの姿は、確かに異様だろう。

けれど部屋は真っ暗ではない。カーテンは隙間ができてしまうようで、端から薄く光が射《さ》しこんでいるし、テレビの電源や、ルーターの点滅など、光はいたるところにある。

電気をつけようとしている誠一の背中に向かって言った。

「マユさんと会ってたの？」

操作されたみたいに、誠一の動きが止まる。

「え？」

普段通りの声を出そうとしているのはわかるけれど、微妙に震えている。嘘をつくのも、ごまかすのも下手なのだ。嘘をつくときは、少し早口になる。

マユさんが、マユなのかマユミなのかマユカなのかはわからないが、きっと女性で、二人が時々会っていることなどはわかっている。メッセージのやりとりから、容易に推測できた。推測というほどでもなかった。

「見たの、やりとり」

わたしは言う。誠一は伸ばしていた腕をおろす。相変わらずこちらに背を向けている。

スマホの解除キーは六桁。西暦から含めた誠一の誕生日はハズレで、もしやと思い、わたしの誕生日を同じように入力すると、簡単に解除されてしまった。最初は彼の入浴中に見たが、一度で見切れないほど、やりとりは長期間にわたっていたし、膨大だった。

もともとはマユさんが友人関係で悩んでいたのを、誠一が相談に乗ったのがきっかけらしい。複数で飲んでいた関係から、二人きりで食事をするような関係になり、やがて、セックスを含む恋愛関係となった。

「ごめんなさい」

誠一は言う。うん、とわたしは答える。

どうしたらいいのだろう、と思っていたし、今も思っている。何も決めずに話しはじめてしまったことを後悔する気持ちが、早くも自分の中に生まれている。

せめて、誠一の実家への帰省を終えたあとでもよかったのかもしれない。

松木さんの言葉がきっかけだった。もう返ってこない一日の中に、自分はいるのだと思った。

「ごめんなさい」

誠一は振り向き、わたしに向かって頭を深く下げる。暗い部屋の中で。

優しいやつは、向いてない。

確かに誠一は、浮気には向いていないのだ。彼の様子が変だったことに、彼自身はまったく気づいていなかっただろう。

二人で、いつか子どもが欲しいと話すことはあったが、どこか空想的でもあった。父親との関係に悩む誠一は、自分が父親となることに少しためらいがあるようだったし、わたしもまた、ＮＩＣＵで会う母親たちのように強くなれる気がせず、手放しで欲しいとは思えなかった。

曖昧にしているうちに、年月だけが流れていく。見ないふりをして、手からこぼれ落としていた一日たちは、いつのまにか降り積もり、ずいぶんな高さになっている。

不安だったのは、強さの面だけじゃない。なかなか眠ってくれない子どもに対して、つんざくような音で泣きつづける子どもに対して、理不尽な要求をする子どもに対して、わたしは果たして、優しさを向けられるのだろうか。

ＮＩＣＵや小児外来で会う子どもたちは、とても可愛い。いつだって一瞬だけの関わりだから。抱っこするのも、話すのも、一瞬のこと。わたしは仕事を終えれば、子どもたちとは関係のない空間に帰っていく。けれど自分の子なら、そんなわけにはいかない。

わたしにはきっと、多くの人たちが持っているような愛情が、欠落している。マユさんと誠一が裸でベッドに並んで、密着して撮った写真を確認しても、苦しくはなかったし、嫉妬心も生まれなかった。なんだか気恥ずかしくなってしまっただけで。

篠崎先生は、巡り合わせなんだから、と言ってくれていたが、おそらくそうではない。篠崎先生は気づいていなかっただけ。巡り合わせではなく、わたしの問題なのだ。

優しさは愛情で、愛情を持たないわたしは優しくない。だから臨床心理士には向いているかもしれない。いや、向いてないか。こんなふうに、相手の言葉によって、自分の行動が左右されているんだから。

線を引いておかないと、と頭の中で篠崎先生が言う。沼だよ、沼、とも。

誠一はいつまで頭を下げているのだろう、と思う。彼のつむじがうっすらと見える。耳にＮＩＣＵのアラーム音や、赤ちゃんの泣き声が届く。幻聴だとわかっていた。

# 笑う場所

遠くの、まるで知らない町だ。

大学受験の前日、駅前のビジネスホテルの窓から外を見ながら、そう思った。

たとえばこうして運転をしているときに、今でもふとそんなふうに思ってしまうことがある。遠くの、まるで知らない町だ、と。

おかしな話だ。知らないどころか、もう十五年以上住んでいる。実家のある町に住んでいたのは、小学生から高校を卒業するまでの約十年間。この町での暮らしのほうがずっと長くなってしまった。地名を言われれば、大体の場所はわかるくらい、町全体をある程度把握しているつもりだ。それなのに、よそ者の感覚は抜けない。

この町の医大を受験した理由は、偏差値だ。国立医大の中では低いほうだったのだ。もう少し上の大学を狙おうか、出願直前まで悩んでいた。結果、この町の医大に通い、そのまま大学病院で働くことになった。別の大学を受けていたなら、間違いなく今ここにはいなかった。もちろん受かったかどうかはわからないが。そして人生の分岐点なら、大学受験にかぎらず、数えきれないほどある。

新生児科で働くと決めたときだってそうだ。

何かを選んだら、選ばなかった道のほうには行くことができない。その先に広がっているのが、暗闇だったのか、美しい景色だったのか、一生知ることはできないのだ。

墓地に続く道が、急に狭くなり、坂になる。山というには少し低い、小高い丘の上に位置しているからだ。低速運転で、何度かカーブを曲がり、ようやくたどり着いた墓地は、いつもそうであるように、あまり人気《ひとけ》がない。

舗装されていない道の、なるべく脇のほうに車を停め、いつ以来だろうな、と思い出そうとしてみるが、すぐには思い出せなかった。丸一日休みなのは数ヵ月ぶりだ。だが、半日休みのときに来たような気もする。前は暑かっただろうか、寒かっただろうか。思い出した記憶が、前回のものなのか、前々回のものなのか、もっと前のものなのか、わからなくなる。

初めて来たのが、三年前の二月だったことは忘れていない。その数日前に降った雪が、道の端に薄く残っていたことも。

車を降りて、トランクの中、小さなプラスチック製のカゴに手を伸ばす。出発時には手前に置いていたのだが、自宅マンションから三十分以上運転するあいだに、奥のほうへと移動してしまっていた。確かに運転中、何かが動くような音を聞いた気がする。倒れてはいなかったし、倒れたところで支障があるわけでもない。中に入っているのは、数珠とロウソクと線香とライターとビニール袋と透明な袋入りのココアクッキーだ。クッキーはこのあいだ病院でもらって、食べるのを忘れていた。賞味期限が近い。

墓に食べ物を置いたまま立ち去るのは、禁止されている。いたるところに看板で書かれているし、実際に口頭で伝えられたこともある。カラスに荒らされてしまうのだと言う。

以前、管理の人に、すみません、と話しかけられたとき、内心動揺していた。すぐにカラスのことだとわかり、ああ大丈夫ですよ、と答えたが、ところで、などと切り出されるのではないかと思い、ヒヤヒヤしていた。

「辻家《つじ》」

少し歩いて、そう書かれた墓の脇で立ち止まった。墓の横に、小さな地蔵を見つけたからだ。墓誌で確認すると、いくつかの戒名や俗名が並ぶ中に、「俗名　照美　行年　当才」と彫られていた。昭和二十年。俺の両親も生まれていないくらい昔だが、この子は〇歳のままだ。

人気がないことを改めて確かめ、墓の前に回り、クッキーを置いた。短いロウソクを二本立て、火をつけ、そこから線香に火をうつす。線香を立て、数珠を持ち、目を閉じる。

いつも、何を思っていいかわからない。ただ、見知らぬ魂が、安らかであるように願っている。魂なんていうものがあるかどうかも定かではないのに。

目を開けてから、そのへんにある雑草を少しだけ抜いて、ビニール袋に入れる。にしても、暑い。一人きりなのに、あちー、と言いたくもなる。こうして少し外にいるだけでも、日射《ひざ》しが刺すように感じるし、汗が滲んでくる。

近づいてくる車が見えて、一瞬動きを止める。車は、俺の車の横を通り過ぎるときに、速度をさらにゆるめたものの、奥へと走り去っていく。

今のところここで、管理の人以外に声をかけられたことはないのだが、声をかけられたらどうしよう、と考えることならある。俺を医者として知っている人なら、面倒くさくはあるが、ちょっと知り合いの、とだけ答えればいい。それ以上細かいことは聞かれないだろうから。

困るのは、たとえばここに「辻家」の人が現れてしまった場合だ。どなたですか、と訊かれるだろう。俺だって反対の立場ならば訊く。以前お世話になっていて、とかなんとか言うしかないのだが、あからさまに不自然な応答になってしまうだろう。

リスクしかない。わかっている。縁もゆかりもない、見知らぬ人の墓参りなんて、けしていい趣味じゃない。貴重な休みの一部を費やして、ここまで来て。これなら部屋で寝ているほうがずっといい。

立ち上がり、もう一度墓誌を眺める。知っている名前は一つもない。八十一歳、六十七歳、などと並んでいる、当才、の文字。

周囲を見渡した。通りかかった車は、奥で一度曲がったのか、もう確認できない。お盆の時期は、もう少し混んでいたのだろうか。来るのはいつも平日の午前中のせいか、ほとんど人を見かけない。人があまり来なそうな小さな墓地を選び、ここに来るようになったのだが。

線香とロウソクを、それぞれ手であおぎ、火を消す。消えたのを確認してから、どちらもビニール袋に入れる。

数珠やクッキーをカゴに戻してから、やっぱり帰りの車の中で食べよう、と思い、クッキーだけを手で持つ。途中でお茶も買いたい。確か管理事務所の横に自販機があったはずだ。そっちを通って行くようにしよう。榎《えのき》さんとの待ち合わせまでには、まだかなり余裕があるのを、腕時計で確認する。

もう一度周囲を見渡す。知らない町で、知らない人たちの墓が立ち並んでいる。

榎さんが指定してきたのは、ビルの一階にある寿司《すし》店だった。二回ほど来たことがある。そのときはいずれも飲み会だったので、こうして昼に来るのは初めてだ。

「あの、榎で」

「お待ちしておりました。こちらにどうぞ」

予約が入っているかと思うのですが、と言い終えないうちに答えられ、案内される。以前は大人数だったのもあり、座敷《ざしき》席だったが、今日は個室らしい。店員が引き戸を開けたとき、中で既に着席している榎さんの姿を確認する。店員の後ろに立っていた俺と目が合った瞬間、榎さんは、おお、と笑顔を見せた。触れていたらしいスマホをテーブルに置く。

「すみません、遅くなって」

向かいに座り、言う。六人掛けのテーブルを二人きりで使うのは、なんだか少し落ち着かないが、仕方ない。

「いや、俺が早く着きすぎた。何食う？」

メニューを差し出される。夜よりは安いのだろうが、それでもそれなりに高い。俺におしぼりとお茶を持ってきてくれた店員に向かい、榎さんが言う。

「俺、握り上ね。タケはどうする？」

「ああ、じゃあ、ばらちらし一つ」

メニューの中で、一番安くてボリュームの少なそうなものを注文すると、榎さんは、握りじゃなくていいのか、と少し驚いたように言った。頷く。

「はい、じゃあ、握り上とばらちらしお一つずつですね。お待ちください」

店員がまた引き戸を閉めて立ち去ると、榎さんは、相変わらず食べ物に執着ないなあ、と笑った。ひひひ、という感じのいつもの笑い声で。

否定はできない。食べ物なんて、よっぽどまずくなければ、なんだっていい。あとすっぱくなければ。

運転中にココアクッキーを食べたばかりで、そんなに腹も減っていないというのも関係しているが、正直に言ったら怒られそうだ。

榎さんに会うのはずいぶん久しぶりだ。黒ぶちの眼鏡や、少し小太りの体型は変わっていないが、なんとなく全体的に老けたような気がする。俺の二学年上だが、一浪しているので、歳としては三つ上だ。三十八歳か。

「タケも歳とったな」

榎さんにそう言われ、同じことを考えていたんだなと笑ってしまった。榎さんこそ、と返す。

「どう、病院は」

「相変わらずですよ」

俺は言う。受け持っている患者の病状や、入退院の状況は、もちろん日々変動しているが、そんなに細かいことを聞きたくて質問しているわけではないだろう。

「榎さんはどうですか」

「相変わらずだな」

榎さんが、ひひ、と笑い、俺も笑う。

「さっそくだけどさ、病院変える気ないか」

声をひそめることもせず、榎さんは言う。俺は、え、と言ったが、なんとなく見当はついていた。数ヵ月ぶりに電話をよこして、昼でも夜でもいいから近いうちに飯を食おう、なんて誘いに、理由が何もないわけはない。

「俺のお世話になった先輩が、親の跡ついで、小児科やることになってさ。かなりリフォームして、増築もするらしい。だいぶ儲《もう》かってるみたい。で、スタッフも増やしたい、と」

榎さんは一気に言うと、俺を見た。そして訊ねてくる。

「大学病院、ずっといたいのか？」

「いえ」

咄嗟に否定の言葉が出てしまったが、ずっといたくない、と考えているわけでもなかった。人間関係はそんなに悪くないし、新たな環境で異なるやり方で仕事をするのは面倒だ、という思いが先に立つ。

とりあえず質問する。

「どこなんですか、場所」

榎さんが口にした地名は、ここからかなり遠い場所だった。新幹線か飛行機を使う必要がある。てっきり近隣の市だと思っていた。思わず無言で驚く俺に、榎さんは言う。

「いやなのか」

「いやとかじゃないですけど」

「じゃあ行く？」

「そんな単純なもんじゃないでしょ」

俺が笑うと、榎さんは今度は声は出さずに、にやりと笑った。

「具体的には聞いてないけど、大学病院よりはよっぽどもらえると思うよ、給料。休みもちゃんと取れるだろうし」

「でしょうね」

俺は言う。医師というと、世間的には高収入のイメージだが、大学病院勤務の医師はその中では安月給だ。そのうえ休みも少ない。恐ろしくてしたことがないが、時給に換算したら、やる気を削《そ》がれるくらいの金額になるだろう。

一方では、実のところ、給料をそんなに気にしてもいない。研修医だった頃は、あまりの安さに驚いてしまったが、さして遣う場面はなく、気づけばそれなりに預金額は増えていた。あの頃に比べれば充分にもらえているし、相変わらずそんなに遣うこともない。

「まあ、新生児はほとんど診ることなくなるだろうな。でも別に、新生児にこだわってるわけじゃないんだろ?」

榎さんは、俺が、新生児科の専門医になろうと考えている、と話したとき、かなり強く反対していた。おそらく家族の次くらいに。家族は、反対というのとも、少し異なっていたのだが。

何かあったときのリスクが大きすぎる、というのが榎さんの言い分だった。もっともだ、と今でも思う。誰もがみな、無意識のうちに、赤ちゃんは元気に生まれてくるし、すくすくと育っていくものだと思っている。思っているというか、信じている、に近いのかもしれない。

「まあ」

曖昧な返事になる。こだわっているのだろうか、と自問する。いまだに自分が今の科を選んだ理由を、うまく説明できずにいる。というか、自分でもわかっていないのだ。

「引っ越しもいいじゃん、独身なんだし。このへんで環境変えるのも悪くないだろ。っていうか、タケ、結婚しないの？　モテるだろ」

「今のところ予定はないですね」

　この数年、恋人はいない。こちらの名前や職業を知らない相手と遊ぶようなことはあったが、最近はそれもがくんと減った。性欲および体力の減少が大きな理由だ。面倒くささがあらゆる欲に勝ってしまう。

「変わってるよなあ、タケって」

　なぜか嬉しそうに榎さんは言う。

　学生時代、失恋した榎さんが、俺は彼女とヨリを戻すまでは米を食わない、米を断つ、と謎の宣言をし、パンやパスタばかり食べていたせいで、結果太ってしまい、好きな子に余計に嫌われてしまったことがあった。そのとき人目もはばからず大泣きしていた。鼻水も垂れ流して。今ここでまたその話を持ち出して、変わっているのはどっちですかと言いたかったが、やめておく。

「結婚、想像よりもいいもんだよ。子どもが可愛い」

　俺が結婚に対してどんな想像をしているのかも確認せずに、榎さんは言う。後半は熱がこもっていた。

「娘さん、何歳になるんでしたっけ」

「六歳と二歳。上の子は、パパと結婚する、とか言ってるよ」

　榎さんの下の子にはまだ会ったことがない。上の子も、会ったときは赤ちゃんだった。おそらく今会ってもわからないだろう。奥さんはもともと看護師だったのだが、出産が近づいて退職し、今は専業主婦のはずだ。

「幸せな家族って感じですね」

「なんかちょっとバカにしてるだろ」

「してないですよ。ほんとにそう思って言ったんですよ」

本心だったのに、妙に焦ってしまったことで、バカにしているようになってしまった。榎さんはにやりと笑うだけだった。

子どもは可愛いのだろう、きっと。

特別子どもが好きなわけではない。毎日赤ちゃんと接しているので、可愛らしいと思う瞬間はよくあるが、おそらく他者に比べて、それが強いというわけでもない。無条件に、子どもが好きと言えるならば、それが今の仕事をしている理由に充分なるだろう。

そもそも、医者になりたい、と強く決意した瞬間を思い出せない。もしかしたらそんな瞬間はなかったのかもしれない、とすら思う。それをどこか恐ろしくすら感じる。自分自身のことであるのに。

「お待たせいたしました」

引き戸の向こうで声がする。寿司が運ばれてきたのだろう。はい、と榎さんが言う。それから俺に向かって、返事はすぐじゃなくていいから、と少し小声で言った。俺は頷く。

入力を終えたところで、時計を見た。深夜二時過ぎ。まだやることはいくらでもある。いつも終わりのない仕事をしている。

徹夜できなくなっているな、と思う。やはり年齢と体力が反比例している。眠りにつくのも下手になっている。前は仕事が終わって帰るとすぐに寝ていたが、なかなか寝つけないことが増えた。家族がいれば多少は優遇してもらえるのかもしれないが、それでも大学病院に勤めている以上、勤務時間が変則的になるのは避けられない。

榎さんから聞かされた話を、ふと思い出す。あれから一週間近くが経つが、返事はまだしていない。そろそろ答えなくてはまずいだろうと思いつつ、榎さんからの催促がないのをいいことに、そのままにしてある。考えたくない、というのが素直な気持ちだ。ここに強く残りたいと思っているのではなく、残りたいのかどうか、考えるのがいやなのだ。

二人の看護師が移動するのが、視界に入る。佐伯《さえき》さんと相田さんだ。相田さんは少し前にNに来たばかりだ。

小声で話してはいるものの、聞き取るのは容易だった。どうやら佐伯さんが相田さんを叱っているらしい。

無理もない、と思った。相田さんが、極低出生体重児である乃愛ちゃんに執着している様子は、以前から見られる。担当外の日にも気にかけているようだった。

「いろいろお願いね」

佐伯さんがそんなふうに言い、相田さんはようやくうつむき気味だった顔をあげる。その瞬間、俺と目が合う。視線をパソコンに戻した。俺の出る幕ではない。

相田さんは、まるっきりの新人ではないが、まだ若い。本人が強くNを希望してきたというので、来る前から看護師たちのあいだで、少しだけ噂《うわさ》になっていた。わざわざNを希望する看護師なんてほとんどいないからだ。

万が一何かあったら、この子は辞めてしまうのではないだろうか。

そう思いかけてから、勝手な想像はよそうと決める。何もわからない。そもそも、何か、なんてないほうがいいに決まっている。

三年前の感覚を忘れていない。無力感、と呼ぶのが一番近いだろうか。自分の目の前で失われてしまった命。しばらく激しい自己嫌悪にとらわれ、自己嫌悪にとらわれている自分を、余計に嫌悪した。その繰り返しだった。

医学部時代から、死は近いものとしてあったが、三年前の心ちゃんの死は、自分の一部を切り取られたもののようにすら感じられた。

あれからだろうか。元気になってここから退院していく子を見るたびに、安堵《あんど》とともに、疑問も生まれるようになった。果たして自分は、この子を助けたといえるのだろうか、と。

数日前に退院した、勇斗くんのお母さんにも伝えたのだが、ここで頑張っているのは、言うまでもなく、赤ちゃん本人だ。こちらの予想をはるかに上回る、驚くような回復を見せることが少なくない。

赤ちゃんが健康になれるように、快適に過ごせるように尽力するのが、NICUの役目であり、ここにいる医師の仕事でもある。どういった治療が必要であるかを見極め、それを適切におこなっていく。

けれど果たして、俺がやっていることが、どれほどの意味を持つのだろうと、ふと考えてしまうことがある。やっていることの意味、ではない。「俺が」やっている意味、だ。他の医師でも、他の病院でも、この子は元気になって退院したのではないか、と。

くだらないシミュレーションだ。普段はめったに考えることがない。ただ、ふとよぎってしまうのだ。

「壮太《そうた》が医者って、向いてないんじゃないの？」

そう冗談まじりに言っていたのは、みっちゃんだ。俺が医学部に合格したときに言ったのだったが、その言葉は合っていたのかもしれない。

七歳上の姉のことを、幼い頃から、みっちゃんと呼んでいた。姉がもう一人いるから、区別をつけるためでもあった。

しかしみっちゃんは、もう七歳上ではない。死んでしまったからだ。お腹の中にいた赤ちゃんも一緒に。

みっちゃんの死は、常位胎盤早期剝離が理由だった。

あまりに突然のことだった。当時大学生だった俺は、実家を出ていたのだが、知らせを受け、当然急いで戻った。初孫の誕生を楽しみにしていた両親は、一気に奈落に突き落とされたかのようだった。母は、どうしてなの、と繰り返しながらひたすら泣きつづけ、それを父や次姉のひーちゃんが時おりなぐさめながら、けれど彼らもやはり泣いていた。

みっちゃんの夫の両親は、憤っていた。夫自身はほとんど話さず、悲しんでいるというより、うろたえているようだった。

今思うと、形が違っただけで、とにかく誰もが混乱していたのだとわかる。俺だってそうだ。冷静でいなければと思い、みっちゃんが入院していた個人産院側から話を聞いたりしていたが、詳細は何も頭に入ってこなかった。あんなに元気だったみっちゃんと、死が、つながらなかった。悪い夢としか思えなかったので、浅い眠りから目を覚ますたび、みっちゃんのいない現実を、飲みこめずにいた。

けして仲のいい姉弟だったわけではない。七歳も違うので、一緒に遊ぶようなことも少なかったし、深く話すようなこともなかった。それでも、いて当然だった存在が失われてしまうというのは、言葉では到底表せないほどの喪失感があった。

通夜や葬儀については、まったくといっていいほど思い出せない。多くの人が来てくれたはずだが、自分がどんなふうに振る舞っていたのか、考えてもわからない。

四十九日を迎える前に、俺の両親と、みっちゃんの夫の両親とは、交流を断つことになってしまった。みっちゃんの夫の両親が、病院側を訴える、裁判を起こす、と主張したからだ。

俺の両親は教員だ。母親は出産後に退職したが、父は校長になっていた。地元に知り合いも多いということで、裁判を起こすことに猛反対した。

何度も行われた話し合いは平行線だった。俺はまた大学生活に戻っていたので、詳しいことはわからないが、疲弊していく様子だけは伝わってきていた。

みっちゃんの死は、地元のニュースでも取り上げられた。常位胎盤早期剝離による死は、けして皆無ではないが、母子ともに、というのはかなり少ない。遺族側のインタビューに登場するのは、きまってみっちゃんの夫の母だった。

その後、どういった理由でかはわからないが、裁判を起こすのは断念したようだ。しかし我が家との交流が再開されることはなかった。墓参りにも行けていない。

おそらく、両親が最後にみっちゃんの名前を俺の前で出したのは、俺が新生児科にいくつもりだと伝えたときだ。

両親とも、明らかに困惑していた。赤ちゃんを診察するってことなの、と何度も同じことを繰り返す母親は、質問というより、俺を糾弾するかのようだった。

父親は、母親よりは口数が少なかったが、やはり苦い顔をしていた。だって他にもいろいろ科はあるだろう、と言っていた。

実のところ、そうした彼らの反応は、なんとなく予想できていた。

両親は、みっちゃんの死後、一切みっちゃんの話をしなくなった。最初はそれも無理はないと思っていたが、何年過ぎても、それは変わらなかった。俺が話の中で、うっかりみっちゃんの名前を出したときは、聞こえないふりをして流された。

彼らは、なかったことにしたいのだ。深い悲しみを。深い憤りを。そのために必死で、見えない場所に押し込もうとしているのだ。

質問に対して、ああ、とか、いや、とか、短い返事ばかり繰り返す、煮え切らない態度の俺に、父親は言った。

「実希《みき》のことがあったからなのか」

違う、とハッキリ言うこともできなかった。黙っていると、もう好きにしたらいい、と父親が言った。母親も黙っていた。

みっちゃんの死に関わったのは、産婦人科医であって、新生児科医ではない。新生児科医も出産に立ち会うことはあるが、母体ではなく、あくまでも生まれてくる子の処置のためだ。それを細かく説明したい気持ちもあったが、そんな説明を求めているわけではないだろうと思ったし、実際、父親が言うように、もっと別の科を選ぶことだってできるのに、そうしなかったのは俺自身だった。

「壮太はお父さんとお母さんの傷口を開いて、そこに塩を塗りこむような真似してるんだよ。わかる？」

その後で顔を合わせたひーちゃんに、両親のいないところで言われたことだ。ひーちゃんは両親同様に教員となり、結婚して、既に家を出ていた。俺が伝えていない以上、俺の進路について、父か母から聞いたに違いなかった。

俺はひーちゃんに対しても、何も言えなかった。

たとえば、みっちゃんのことがあったからこそ、新生児を救いたいと思うようになった、などと言えればよかったのかもしれない。それでも反対はされたかもしれないが、選択の意味はわかってもらえただろう。

けれど言えなかったのは、自分自身が、そう思っているとわからなかったからだ。

みっちゃんのことがあったから、俺は新生児科を選んだのだろうか。違うと思うが、やはり、わからない、という結論にたどり着く。何度考えても同じことだった。

仕事が忙しく、数年実家に帰れていないことを、どこかで楽に感じている自分もいる。伝える必要事項があるときだけ、メールや電話をよこす母は、やりとりの最後に、そのうち帰ってきてよ、と書いたり言ったりする。けれど母も、本当は俺が帰ることを望んでいないのではないかとすら思う。

みっちゃんのことを、必死に見えない場所に押し込んだ両親は、おそらく俺のことも、そうしようとしている。つらいのは、彼らのそうした行動がまったく理解できないのではなく、なんとなくわかってしまうところだ。おそらく俺も、みっちゃんという存在から、少しだけ目をそらした。いや、過去形にできない。今だって。


昼食にはいささか遅い、午後二時半。西病棟一階のコンビニのメニューに飽きたのもあり、南病棟一階のカフェで、コーヒーとホットドッグを購入した。

そのまま、南病棟側の階段を使う。少しだけ遠回りになるのだが、たまには構わなかった。

階段を上っていくと、反対に、降りてくる足音が耳に入った。足元にあった視線をずらすと、一人の女性の姿が目に飛びこんでくる。口を開いたのは、向こうだった。

「あ、おつかれさまです」

「おつかれさまです」

あ、という言葉だけが、少し浮いていた。驚いたのだろう。なんとか同じ挨拶を返した俺だって同じだった。

「なんだか久しぶり」

うん、なのか、はい、なのか迷ってしまい、無言で俺は頷く。上っていく俺と、降りてきた彼女が、踊り場でちょうど並び、立ち止まる。何か言わなければいけない雰囲気だった。

「元気？」

「おかげさまで」

話し方も声も、懐かしい、と感じた。こうして顔を合わせるのは久しぶりだった。後ろで一つにまとめている髪は、以前より伸びたようだ。

学生時代から、研修医になった四年間ほど付き合っていた。研修先は離れていたし、もうこのまま顔を合わせることはないのかもしれないとも思っていたが、互いに大学に戻ってきたのだった。俺は新生児科医として、彼女は皮膚科医として。戻ってくるとは思わなかったので意外だったが、彼女にしても、俺の選択は意外なものだったのかもしれない。

実際に働き出すと、顔を合わせることは意外と少なかった。他科とのカンファレンスも多いのだが、皮膚科とはそんなに一緒にならない。病棟も離れているし。

「そっか、よかった」

何の意味も持たない返事をして、また足を動かしかけたとき、わたし、今年いっぱいで辞めることになったんだ、と言われた。え、と声が出る。すぐに訊ねた。

「なんで?」

「結婚するの。相手の親が病院やってるんだけど、もう高齢だから、跡をつがなきゃ、ってことになって」

「え、どこの?」

思わず聞いたのは、榎さんの話を思い出したからだった。親の跡をつぐ、と話していなかったか。彼女は、地名を口にした。県内ではないが、ここから車で一時間半くらいの場所だ。そりゃあそうだよな、と冷静になる。

「相手も皮膚科なの?」

「うん。指導医だったの」

研修医時代から付き合ってたってこと？　かなり長いな、と言いかけて、余計なお世話だなと気づく。何年付き合っていようが、再会して最近付き合いだしていようが、俺には何の関係もない。

「おめでとう」

俺は言った。彼女は、一瞬驚いた顔をしてから、ありがとう、じゃあ、と言った。

今度は、歩き出そうとする彼女を、俺が引き止めるように、あのさ、と言った。わずかに首をかしげた彼女に言う。

「俺って、医者に向いてないと思う？」

口にした瞬間に後悔した。恥ずかしい問いだ。これならまだ、榎さんに誘われてるんだけど、と具体的な話をしたほうがマシだったのではないか。しかし、言葉にしたものを取り消すことはできない。

「『相手に否定しか求めていない相談なんて、相談じゃなくて、自己満足に近いんじゃないか』」

彼女は笑いながら、声色を変えるようにして言った。何か出典があるのかと思ったが、わからない。そのまま訊ねた。

「何、それ」

「学生時代に、『髪切ろうかなあ、でも似合わないかなあ』って相談したわたしに、あなたが返した言葉」

「申し訳なかった」

即座に謝ったが、確かに俺が言いそうだな、と思った。細部は異なっているのかもしれないが。彼女は笑っている。

「珍しいね、竹下先生がそんなこと言い出すなんて。何かあったの？」

竹下先生、という呼び方は、あえてだろう。今までそんなふうに呼んだことはなかった。

「いや、ごめん、どうかしてたわ」

俺は言う。いっそ、今抱えている気持ちをすべて吐き出したなら、彼女はどんな反応を見せるのだろうとも思いつつ。俺は相談が下手だ。付き合っているときも、みっちゃんの話はついにできないままだった。

彼女は、ふっ、と小さく息をつくように笑ってから、言った。

「少なくともわたしは、『自分は絶対に医者に向いている、間違いない』って思ってる人より、『自分は医者に向いているだろうか』って思ってる人のほうが、正しい気はするけどね」

「……ありがとう」

お礼の言葉がふさわしいのかはわからなかったが、そう答えた。彼女はさらに言った。

「まだ初期だから、相手にしか言ってないんだけど、妊娠してるんだよね。今のところつわりがなくてラッキーだけど」

「え、そうなの？」

「うん。だから、向こうの病院で一緒に働く予定でいたけど、しばらくは休むことになりそうなんだ。この歳で予定外の妊娠っていうのもちょっと恥ずかしいんだけどね」

「いや、そんなことないよ。おめでとう」

俺は思わず彼女の腹部に目をやる。まだふくらみは確認できない。母親になるのか。

「もし子どもに何かあったら、診てね」

「わかった。でも、ないよ、大丈夫」

患者家族に何かを訊ねられた際、けして期待を持たせないようにしている。新生児の容態というのは、大人に比べて突然変化することも多いため、いつ何があってもおかしくないし、それを共有しておいてほしいからだ。けれど今は、大丈夫だと言いたかった。根拠はなくても。

「ありがとう」

彼女が、今度ははにかむようにして笑った。昔、俺が好きだった表情の一つだった。


ピンポーン、という音が部屋の中に鳴り響く。

「あれ、どなたですかね。ごめんなさい、わからないです」

モニターを見た相田さんが、モニターの向こう、チャイムを押した誰かではなく、中にいるスタッフに向かって言う。近くにいた佐藤さんが、ああ、と弾んだ声を出す。

「マミヤさんです、わたし、行ってきますね」

マミヤ？　聞いたことがあるような気がするが、咄嗟に思い出せない。以前いた誰かだろうか、と思いつつ、仕事を続けていると、再び佐藤さんがやってきて、俺のところに近づいてくる。

「竹下先生、今、お時間いいですか？　マミヤさんたちがお会いしたいって」

「わかりました」

パソコン画面を開いたまま、俺はＮＩＣＵを出る。自動ドアを出た瞬間に、マミヤさんが誰なのか把握した。心ちゃんの両親だ。揃って立っている。そうか、確かに、間宮、だった。お母さんの腕の中には、小さな赤ちゃんが抱っこされている。

「お久しぶりです」

「わー、いらっしゃってよかったです。お忙しい中すみません」

「いえ、全然」

赤ちゃんはちょうど、お母さんのほうに顔を向けていて、後ろ姿しか見ることができない。おそらくまだ生後一、二ヵ月だろう。お父さんは俺の視線に気づいてか、説明を始める。

「実はあのあと、僕が転職して、引っ越したんです。なのでこの子も、そっちの病院で。もう一ヵ月半になって、外出も大丈夫になってきたから、ぜひ竹下先生と佐藤さんにお会いできたらと思って。本当に突然ですみません。二人ともいらっしゃってよかったです」

「こちらこそよかったです。一ヵ月半なんですね。男の子ですか、女の子ですか？」

答えたのは佐藤さんだった。さらにお母さんが言う。

「男の子です。ソウタ、っていうんです」

俺と同じ名前だ、と思う。

「想《おも》うっていう意味の想、に、太い、です。妊娠がわかってから、この子のことを、ずっと想っていたから。この子にも、誰かのことを強く想ったり、親以外の誰かにも想われるようになってほしいなって」

「後で気づいたんですけど、想、っていう字に、心、って入ってるんですよね。もしかしたら、ココが名付けてくれたのかもなあ、なんて思ったりもして」

お母さんの説明に、お父さんがさらに補足する。佐藤さんが、素敵なお名前ですね、と言う。俺も頷く。

二人の間に、新たな命が誕生したという事実が、自分でも意外なほど嬉しくて、うまく言葉を発することができない。

彼らは今、生まれた子どもを抱いて、笑っている。

目の前にある光景は、ごく普通のありふれたものだ。特にここにいると、毎日目にするものだ。それでいて、信じられないくらい尊かった。

心ちゃんがいなくなった悲しみは、彼らにとっては、重たく、苦しいものだったはずだ。俺とは比較できないくらい。彼らの中からその悲しみが消えることは一生ないに違いない。それでも彼らはまた歩く。悲しみを消すのではなく、悲しみを背負いながら、生きていく。

「最初は、想一《そういち》って名前にしようかって話してたんです。でも、相談してるうちに、そういえば竹下先生って、下の名前、壮太だよね、って話になって。竹下先生みたいな人になるようにと思って、勝手に真似しちゃいました。事後報告ですみません」

「いや、そんな」

同名が偶然ではなかった事実に驚き、慌てる。俺みたいになったってしょうがないですよ、と言いたかったが、それは目の前の想太くんに失礼な気がした。

「あの、よかったら、抱っこしてもらえませんか？　竹下先生と佐藤さんに抱っこしてもらえたらなって思ってたんです。ふふふ、図々《ずうずう》しいお願いですけど」

「いえいえ、とんでもないです。喜んで。嬉しいわあ」

「ぜひ」

佐藤さんに続けて、俺も言い、両腕を軽く伸ばした。想太くんがお母さんからこちらに渡される。

あたたかい。赤ちゃんを抱っこする機会は、毎日のことだし、今日だけでも何度もあったというのに、妙に緊張してしまう。重く感じられるのは、Nにいる子たちよりも大きいからだろう。

半ば閉じているような目が少し下がり、口角が上がる。

「あ、笑ってるー。竹下先生に抱っこされてるってわかるのかな」

お母さんが言う。笑ってますね、と佐藤さんも言う。

やりとりに、心ちゃんの最期の瞬間を思い出す。口には出さないが、おそらく心ちゃんの両親も、佐藤さんも、同じことを思い出した。それが、空気でわかった。

「想太くん、こんにちは」

俺は言う。

新生児微笑は、感情とは関係ない。あくまでも筋肉の反応に過ぎない。けれど、そうじゃないと思った。あのとき心ちゃんが、間違いなく笑っていたように。

俺は泣きそうになるのを、ぐっとこらえる。こんなところで泣いてしまうわけにはいかなかった。医師として。

榎さんに、あとで電話をしなければ、と思う。俺はここに残りたい。まだできることがあるような気がするから。ここでやらなければいけないこともあるような気がするから。それは錯覚かもしれないし、思い上がりかもしれないが。

「想太、よかったね」

少し涙声で、心ちゃんと想太くんのお母さんが言う。よかったのは俺のほうだ、と思う。抱っこしたまま、小さな背中をそっとさすってみる。

## 主要参考文献

監修：橋本武夫　編集アドバイザー：加部一彦
『わが子たちのＮＩＣＵ入院体験記　あの日とっても小さな赤ちゃんに泣いた　笑った』（メディカ出版）
編：ネオネイタルケア編集室　写真：宮崎雅子
『新生児集中治療室からのフォトメッセージ　ＮＩＣＵのちいさないのち』（メディカ出版）
川畑恵美子『ちいさなちいさなわが子を看取る　ＮＩＣＵ「命のベッド」の現場から』（光文社）
ナビゲーター：鴻鳥サクラ
原作・イラスト：鈴ノ木ユウ　監修：日本産科婦人科学会　編：講談社
『コウノドリ　命がうまれる現場から』（講談社）
松永正訓『運命の子　トリソミー　短命という定めの男の子を授かった家族の物語』（小学館）
河合蘭『安全なお産、安心なお産　「つながり」で築く、壊れない医療』（岩波書店）
山崎光祥『子を看るとき、子を看取るとき　沈黙の命に寄り添って』（岩波書店）

取材協力：みや（友人）

本書は書き下ろしです

加藤千恵（かとう・ちえ）
1983年、北海道生まれ。立教大学文学部日本文学科卒業。2001年、短歌集『ハッピーアイスクリーム』で高校生歌人としてデビュー。2009年、『ハニー ビター ハニー』で小説家デビュー。その他、詩やエッセイなど様々な分野で活躍。著書に『誕生日のできごと』『さよならの余熱』『その桃は、桃の味しかしない』『こぼれ落ちて季節は』『そして旅にいる』『私に似ていない彼女』など多数。

この場所《ばしょ》であなたの名前《なまえ》を呼《よ》んだ

第一刷発行 二〇二一年 四 月二十六日
第二刷発行 二〇二一年十二月二十七日

著 者 加藤《かとう》千恵《ちえ》
発行者 鈴木章一
発行所 株式会社 講談社
〒112-8001 東京都文京区音羽二―一二―二一
電話 出版 〇三―五三九五―三五〇五
販売 〇三―五三九五―五八一七
業務 〇三―五三九五―三六一五

本文データ制作 講談社デジタル製作
印刷所 豊国印刷株式会社
製本所 株式会社国宝社

定価はカバーに表示してあります。



Printed in Japan ISBN978-4-06-522818-0

KODANSHA

N.D.C. 913 190p 19cm